炉边独语

冼星海散文精选

冼星海 著

泰山出版社·济南·

图书在版编目（CIP）数据

冼星海散文精选 / 冼星海著. -- 济南：泰山出版社，2023.11
（炉边独语）
ISBN 978-7-5519-0805-4

Ⅰ. ①冼… Ⅱ. ①冼… Ⅲ. ①散文集－中国－现代 Ⅳ. ①I266

中国国家版本馆CIP数据核字（2023）第094798号

LUBIAN DUYU　XIANXINGHAI SANWEN JINGXUAN
炉边独语：冼星海散文精选

责任编辑	徐甲第
装帧设计	路渊源

出版发行　泰山出版社
　　社　　址　济南市泺源大街2号　邮编　250014
　　电　　话　综 合 部（0531）82023579　82022566
　　　　　　　出版业务部（0531）82025510　82020455
　　网　　址　www.tscbs.com
　　电子信箱　tscbs@sohu.com
印　　刷　山东通达印刷有限公司
成品尺寸　150 mm×230 mm　16开
印　　张　10.75
字　　数　140千字
版　　次　2023年11月第1版
印　　次　2023年11月第1次印刷
标准书号　ISBN 978-7-5519-0805-4
定　　价　39.00元

凡　例

一、本书收录了作者的散文经典文章或片段节选，主要展现了作者的学术历程、情感操守，以及当时的时代风貌等。

二、将所选文章改为简体横排，以适应当代的阅读习惯。所选文章尽量依照原作，以保持文章的时代韵味，部分内容参照当下最新的整理成果进行了适当修改。

三、所选文章没有标题或者标题重复的，编辑时另行拟加或改拟。

四、对有些当时惯用的文字，如"的""地""得""作""做""哪""那""吧""罢""化钱""记帐"等，仍多遵照旧用。

目 录

- 001　纪念曲的断片
- 003　普遍的音乐
- 005　救亡歌咏在洛阳
- 007　救亡音乐在抗战中的任务
- 008　救亡歌咏运动和新音乐的前途
- 011　最近中国救亡歌咏运动的展望
- 013　聂耳,中国新兴音乐的创造者
- 014　我对于创作歌剧《军民进行曲》一点意见
- 017　追悼大众的歌手张曙先生
- 019　我怎样写《黄河》
- 022　"鲁艺"与中国新兴音乐
- 026　在抗战中纪念聂耳
- 028　《九一八大合唱》序
- 029　民歌研究与中国新音乐前途

- 033 论中国音乐的民族形式
- 037 边区的音乐运动
- 050 我学习音乐的经过
- 069 "鲁艺"第三期音乐系
- 074 《反攻》歌曲集自序
- 077 现阶段中国新音乐运动的几个问题
- 093 创作杂记
- 107 日记(节选)
- 119 致董任坚的信
- 122 致盛建颐的信
- 131 致开封歌咏队的信
- 133 致洛阳歌咏队的信
- 135 致母亲的信
- 139 致钱韵玲的信
- 145 致前哨将士书
- 146 致常任侠的信
- 148 致李凌的信
- 151 致格里艾尔的信
- 153 致中共"鲁艺"支部的自传

纪念曲的断片

恍惚是淫雨霏霏，天色暗淡的清早，没有起床的一刹那。耳边总不离听着那不断而带清高娇小底唧唧，像一曲一曲的不停唱着。只要你留心静听，虽不能令你再入梦乡，也许拨动你的心弦。纵使你睁目的呆想，也忘不了春日园中花径频频的絮语，和袅娜少女嘻嘻娇声底幻想。于是充满宇宙的爱力、深潜的神秘，和愉快的表现，尽在那春日的风光里。我们并不讨厌那枝上的小鸟，只恨没有这般忍耐去听。虽然比不上济慈听夜莺的兴趣，这一番的机会，也不要容它白白失去吧！

忽来一阵喇叭的声音，催醒了多少迷梦，日间的工作便从这刹那开始。最难忘会食堂里苍蝇的呻吟声、碗碟的碰和声、人声、脚步声，合在一处，那定然增加了许多闹热。

钟声又响了。回忆到不能入寐的当儿，令你神荡而且凄迷。若是能够出来逛逛，那格兰堂的伟大，衬着那黝黝深夜和炯炯熠熠星光的布置，恍惚与远远的竹韵、松声，鸣禽、叫虫和谐着，浮动出富有幻想和神秘的情调，不朽的曲儿长夜的奏演者。你留心细听，也许沉醉了，也许幻想到乐园的流荡。

大概我们总记得每早歌颂和充满着尊严、虔诚的怀士堂。有那洋洋悦耳的管弦、歌声，在夕阳西下的当儿，令人感到一样的沉默和肃静。那长笛声的纤小，琴声的悲艳，永远永远悬在那空中，印入我们耳朵，刻入我们的赤心，使我们没有忘记，没有忘记……你总听过大名鼎鼎的Beethoven，Bach，Brahms，Schumann，Liszt，Chopin，Gounod的音乐在怀士堂里演奏。那至善至美的音乐固然值得你们去听，而且是伟大的人类的安慰者。

我们快要睡了，也忘不了那隐隐约约的喇叭声，这声消散后，忽然又觉得江上汽笛两三句的哀鸣，南闸竹林里的哇声虫，又继续奏着，恍惚是近日大乐队。更鼓响了三下后，我已迷醉了，我的魂已随着宇宙里的乐队尽情地奏着……那是几首纪念曲，留给有生命的人类来享受。

普遍的音乐

——随感之四

　　学音乐的人，没有一个不是抱大志向的。在他们理想里，充满着乐圣及天才的印象，个个的想望都是将来中国的贝多芬、苏柏、瓦格拿这样人物。可是事实上能做到么？我们还要考虑到中国的音乐环境和中国音乐的音乐。由此类推，中国的现在，实在难产生像贝多芬等的大天才。与其缺乏天才，不如多想方法，务使中国有天才产生之可能，才是学音乐的人的责任。要使中国有音乐天才产生之可能，其责任落在一班音乐教育的身上，他们的工作是非常重大，不但学识了音乐便知足，还要广播全国，感染全国。人人能尽力做，尽力学，是必人人能歌能舞能奏，全国能够如是，岂不是一件极光荣的事吗？我的主张是要把音乐普遍了中国，使中国音乐化了，逐渐进步上去，中国不怕没有相当的音乐天才产生。若不先提倡普遍音乐，恐怕再过几十年还是依然的中国，音乐不振的中国啊！

　　假如你已有志于音乐的，我便劝你好好的用功，不要随随便便的去研究，学成后把你所学教授别人，还要一生不忘，要经过许多苦脑和失败，甚至你所望想的事实，会常常令你丧志的，困苦的，只是这才是人生的真价。我们要做普通人所不能见到的事情，而且要吃普通人所不能吃的苦，才是做成了一个可站立得住的所谓人，才算堪称为人。贝多芬何尝不是饱吃痛苦，屡历厄运的人呢！然而他的不朽就在这里。所以学音乐的人啊，不要太过妄想，此后实际用功，负起一个重责，救起不振的中国，使它整个活泼和充满生气。还要记着吃苦是不免的，羊肠小道也不易步行，我们只有血汗忍耐和努力才能达到我们的想望。此后学音乐的人，虽然把谋幸福或快乐的念头打消，但将来中国音乐发达，达到世界乐坛上的位置，也是你们学音乐人的幸福和快乐。

伟大的思想应该有的，同时要有伟大的实行。做一个真伟大的人，不是做一个像伟大的人。所以学音乐的人的思想，不要空想，还要实行。中国需求的不是贵族式或私人的音乐，中国人所需求的是普遍音乐，要了解音乐。没有音乐的普遍全国，便没有音乐统一之可能；没有音乐统一之可能，还能产生音乐大天才吗？不怪中国自有历史以来最缺乏的就是音乐天才，直至今日，也没位置站在世界乐坛上的。啊！我们学音乐的人，要多么自省！责任是我们的。

救亡歌咏在洛阳

自从帝国主义压迫中国以来，中国民气沉闷很久，可是我们的民族不能因为被压迫就沉闷下去，我们只有用反抗来争取我们民族的自由和独立。现在全面的抗战就可以表现我们整个民族的不被屈服，而且的确已经展开了一条光明的大路。

国内救亡工作的努力和积极，使我们都知道每个人是有他的责任的。我们能尽自己力量去为国家效劳和牺牲，那救亡工作就巩固；巩固了救亡的任务就是巩固后方工作，前方和后方的工作既巩固，那抗敌是无疑义地顺利的。

救亡歌咏是后方重要工作之一，和文字宣传、演戏宣传一样重要，一样能唤起民众抗敌的情绪。

救亡歌曲的效果或许比文字和戏剧更重要，因为这种歌声能使我们全部的官能被感动，而且可以强烈地激发每个听众最高的情感。

中华民族在现今的处境，正是在一个谋解放的挣扎期间。救亡歌曲正是为了需要而产生的时代性艺术，且有建设大众国防的责任，它的呼声愈强大，也就影响愈大；换言之，它就是我们民族的唯一精神安慰者，更可以说是我们的国魂。所以一个被压迫的民族缺少不了救亡的歌咏。

洛阳或许是不会沉寂的，如果它也像其他各省的救亡歌咏运动那样积极努力。在救亡演剧第二队演出的第二天，洛阳各学校联合唱出的五支救亡歌曲，已经令人感到他们是跟其他歌咏团一样能唤起救亡的情绪了！

我希望在洛阳能急速组织救亡歌咏队的干部，使它的效力更健全，而同时更使它传遍到全省全国和全世界一切被压迫的民族，用它来大声疾呼去唤醒一切不愿做亡国奴的人们啊！

救亡音乐在抗战中的任务

中国近年来的救亡歌咏运动随着时代迫切的需要而开展了。它具有伟大雄厚的力量,这力量不特可以慰藉前方英勇的战士,同时也可以巩固后方民众的团结。

为着给侵略者以一个迎头猛击,因此,在抗战期中,一切文化部门都积极地、战斗地负起了抗日的伟大任务。自然,救亡音乐在抗战的文化阵线里是一道铁的支流,它是较戏剧、图画更直接、更有效的,原因是它能普遍地让民众较其他的艺术更容易接受。

救亡音乐在抗战中的任务,不仅要像其他的文化艺术一样,组织民众和激发民众抗敌力量,而且更要有目的地唤起不愿作奴隶者的内在的斗争热情——包括全世界的,连我们的唯一敌人日本帝国主义统治下的人民也在内。此外,我们更要借着我们的怒吼,使敌国人民了解侵略者的无耻、卑鄙,使他们自动地发动对帝国主义的军阀作一个无情的清算!

同胞们:这是我们争自由的日子!我们要利用救亡音乐像一件锐利的武器一样的在斗争中完成民族解放的伟大任务。

救亡歌咏运动和新音乐的前途

大众所需要的救亡歌咏，已由大众自然地应着时代的需要而产生，凭着过去的努力和工作，已奠定救亡歌咏的基础，展开了新音乐运动的前途。

一九三七年既已是中华民族争取自由和解放的大时代，大众所需求的救亡歌咏，亦必更加急切，原因是借救亡音乐力量来增强抗敌的决心，去争取最后的胜利，和创造战时音乐，从而产生新的民族音乐。

歌运虽然还是在萌芽时期，但已经影响到广大民众，这当然不是一件偶然的事，尤其在今年，在抗战发生的前后，已播撒那伟大的救亡歌声到全国，虽然还有很多缺点，但可证实现在的歌运在不断地向上发展。在河北北平方面有吕骥、刘良模、赵启海等的努力；山东济南、青岛方面有王云阶、陈田鹤；河南开封之杨岐鸣、程维贤、马可；洛阳之黄佩芬、左正谊、吴荣轩等；郑州之汪秋逸等；湖北武汉之曾昭正、盛家伦、马丝白、杜蕾、熊务民、李行夫、范元甄等；湖南长沙之张曙、黄源洛、胡然、胡投、陈玠等；广东广州之何安东、陈洪等；广西桂林之张沅吉、陆华柏等；福建厦门之沙梅等；陕北之梁浩等；山西之周巍峙、田冲、邬析零等；江苏上海之麦新、孟波、孙慎、应凯、何士德、张昊、谭小麟、洪荒、王复生、冯国柱、陈伯韬等，都拥有极多数的民众和举行了大规模的歌咏大会，同时成立了干部训练班、研究班、宣传队，在抗战期中他们都有了任务出发宣传歌咏，队员亦已散布全国，连每天播送救亡歌咏的人，也都是从训练班出来的。因此，更觉得蓬勃地增长。甚至国立音乐专科学校也同时努力着写作救亡歌曲，如萧友梅、黄自、李惟宁、刘雪庵、江定仙、贺绿汀、陈田鹤等。此外播送宣传救亡歌曲的人，已经普遍到每个人的责任上，甚至不识字的人也想唱救亡的歌曲，所以救亡歌曲应更多量的产生来供给大众的需要。最近产生的如《保卫中华民族》《牺牲已到最后关头》《新中国》《祖国的孩子们》《最后的胜利是我们的》《全民抗战》《起重匠》《游击军》《游击队进行曲》《送勇士出征》《打杀汉奸》《八一三战歌》《救亡对口曲》《大刀进行曲》《青年进行曲》《大众歌手》等那些歌曲，都是民众认为乐意接受的歌曲，而且由时代之需要而产生，差不多都是很热烈、很诚恳的爱国歌曲；此外还有由民谣、小调写成的歌曲，更可以影响广泛的工农和一般老百姓。

在初期歌运中，优点当然有，但缺点却太多了！能够克服这几点，然后方能谈到产生新音乐的前途。这缺点是：（一）误解救亡歌咏的意义；（二）各歌咏团的分歧；（三）不能深入民间；（四）没有统一的救亡音乐教材；（五）缺少真正的领导人才；（六）救亡歌咏水准太低太高的不平均。

以上缺点，在初期歌运是不可避免的，但希望努力歌咏的人们更努力去继续开展，认定最大的目的是在乡村，而不是在都市。乡民的需要歌咏，比一切人们都急切，他们的热情，更切实，更热烈。

有了民众歌曲做基础，我们最低限度可以产生一种新的民歌风格，而不是以前的传统的民歌。这是一定要从乡民们实际生活去产生出来，并且要奠定一种中国民歌的风格，发展为将来的伟大民族的歌曲。其次，我们中国有一天能实现交响乐诗的一定风格，代表那伟大的民族性，在音乐史上占得较重要的地位。再其次，希望有歌剧的产生，那种新歌剧是根据民歌，具有新的形式和技巧，并且有最丰富的内容；但它并不是中国现在的京剧，也不是欧西的大歌剧，而是努力产生另一种的新歌剧。要有这样的歌剧产生，是必定要从抗战后的经验出来，因为新的音乐是产生在民族斗争里，而同时新舞蹈和电影也可以随着各种艺术部门的动向而进展。所以要是在现今抗战期中，我们如果能够"会"利用民众的力量来推动救亡音乐，同时为着民众的需求，我们并不难实现中国新音乐的伟大前途。奠定新民歌、交响乐诗、新歌剧、歌舞、电影的基础，必定要在抗战期中。那一九三七年的救亡歌咏运动，无疑地是过去最重要的工作，而一九三八年的今天，便是开展着新音乐前途的一年！

最近中国救亡歌咏运动的展望

——为上海"八一三"歌咏队内地宣传队而作

一九三八年既为抗战年，我们的每个国民都要有充分力量替整个民族争取最后的胜利。救亡歌咏在抗战年中是文化战线里一道铁的支流，跟其他艺术部门同等发生效力，或许影响民众较其他艺术更直接更普遍。年来歌运的蓬勃可以证实它是中国国民的必需，因为救亡歌运的重要任务是组织民众和激发民众，增强抗敌力量。中国歌运虽然还是在一个萌芽时期，但它的影响不止在一个国家或一个民族当中存在着，而却是会遍及全世界一切被压迫的人们。因此可以认定救亡歌运的广泛和国际性，可以使今日的中国觉悟到他所处的地位和应该保持着的斗争决心，表示一切被压迫的民族的抬头！不愿做奴隶人们的气焰！

可是，在初期歌运当中，我们有不少的缺点：

（一）误解救亡歌咏的意义——最大的原因是中国社会还没有完全觉悟歌咏的力量，甚至一般人还以为歌咏就是歌咏，没有别的意义的，而不知道歌咏是一种组织工作，抗敌的锐利武器，抗战年中的精神食粮。

（二）歌咏团体不团结——不团结是一个歌运的致命伤！初

期歌运不免有意见不同的地方，但尽管是意见分歧，团体应有统一的组织，以便推动全国，这一种工作是急需的。

（三）大众的需求不够供给——这是努力于歌运的一般朋友们都感觉到的。目前的救亡歌咏只偏重于中层阶级，而没有达到上层和下层。为着要成为大众的歌运，必需要通透各阶级不可。尤其是工农阶级，我们应该更加努力去替他们创立歌咏团体，组织领导他们，使那广大的工农成为国家的最忠实的抗敌后备队。

（四）缺乏领导人才——歌运的存在和推动，必须有多量的领导人才。现在领导人才太缺乏，往往不够分配，有时影响到不能产生强大的干部和训练班，因此努力歌运的人们需要明了这点，然而可以克服许多为自己发展的单纯艺术主义的立场。

（五）歌咏的水准太低和太高的不平均——歌咏还有最大的阻碍就是水准太高或太低的问题。最好的办法是我们要利用歌咏宣传现实的政治的环境，用简单的方法来表现所想表现的思想，甚至可以用民谣、说书、朗诵、舞蹈来助成歌运，避免为艺术而艺术的脱离时代不合用的歌咏！所以宁愿歌咏运动从最低层生长，而不要从最高层降下到冷清地开展。从底层开展歌运，最少可以接近大众而博得热烈的欢迎。歌咏有了大众拥护，它的前途就可预卜开展到更伟大的境地！

综合以上的缺点，在初期歌运是不可避免的；但希望努力歌咏的人们更努力去继续开展，认定最大目的是在乡村，而不是在都市。工农的需要歌咏比一切人都急切，他们的热情更切实、更热烈，而且伟大的民众集团是基于工农同胞集团里的！

聂耳，中国新兴音乐的创造者

今天是聂耳先生逝世的第三周年。他死了虽然已经三年了，但我们没有忘记他；因为他是个划时代的作曲者，他是个民族呼声的代表者。

当中国新音乐还在酝酿时期，我们失却了一位作曲天才的领导人——聂耳先生！聂耳先生能摆脱旧社会音乐的环境，而创造出新时代的歌声来，就是他给中华民族新兴音乐一个伟大的贡献，他创造出中国历史上所没有的一种民众音乐。

聂耳先生虽然没有像许多音乐家一样的环境与修养，然而他具有的是青年活泼的创造力和斗争性的特点，因此，他的作品得到了广大群众之爱好与传诵。尤其在目前，不论在前线或后方，都有成千成万的群众歌唱着《义勇军进行曲》，甚至国际上都公认《义勇军进行曲》是中国最雄伟的一首歌曲。聂耳先生的伟大就在此。他永远是个年青的音乐家，他永远站在青年音乐家的前面，他已给我们开辟了一条中国新兴音乐的大路。

我们在今天纪念聂耳先生，应该学习他的努力和斗争的精神，用音乐的力量来动员与组织更广大的群众，增强抗战力量，争取最终的胜利！

我对于创作歌剧《军民进行曲》一点意见

这二幕三场的歌剧的音乐是在一九三八年十二月二十号开始写的,三十号全部完成了。这短少时间当然不能希望有多大的收获,尤其是在延安物质条件下。我不因为这样就……一个新的艺术作品的产生,都是不像我所想的那样周到的。……不周到我们更应该去拓荒。西洋歌剧能够进展到现在这样,也有它的长久过程和奋斗!假使他们不在十六、十七世纪去大胆地尝试写作,他们也不会突然地变成今日的伟大的歌剧世界(尤其是在苏联)。

中国歌剧是有的,但是多少是比较封建的,而没有创造性,它们虽然有"社会的价值",但对艺术和政治的价值就贫乏了。在这抗战当中,我们不独要使歌剧要有"艺术的""政治的"和"社会的"深刻意义,我们还应利用这三种条件去领导全民族,使他们通过歌剧而感到一种新的生命力量,增强抗战的决心。尤其我们要把握这新阶段的艺术,使它灌注在每个民众的心灵里。《军民进行曲》是二幕的创作歌剧。根据目前抗战情形而创制,歌词尽量采取口语,歌曲全是民谣作风,乐队是由中西结合。总的目的是要使中国老百姓看完了感到应军民合作,坚持抗战。但歌词与歌曲是否融合,全剧是否统一,是作者应该虚心地接受大众的批评。尤其是大众是否认为它是属于他们的,换句话说,是否"大众化"的。为了使观众明白这一个新尝试，我提出各种意见，并且解释它的创作经过作为参考。

《军民进行曲》是属于强有民族性的歌剧，它不是欧美的歌剧形式，也没有欧美的特点。从布置、音乐、诗歌方面说，还都是尽量用中国风味的。它有中国的特别作风，是根据目前抗战情形而写的。根据物质条件和排演时间的短促，我们会有以下几点的顾虑。

（一）两个问题

1.调和：歌剧演得成功与否，是关系到演员、布景和音乐的调和。任何一种不调和的场面都可使观众不舒服、不同情。演员最要紧是把歌词念熟，情绪才能够自然地表现。灯光、布景和音乐伴奏（连带效果在内）是连在一块儿的。这是一个基本问题。

2.内容与形式：歌剧的内容与形式是否统一？是否一种新鲜的、有特点的歌剧？观众自然地会去讨论的。这歌剧的内容与形式，我们都是怀抱着一种新的希望。但是否观众会同情和理解我们呢？这又是一个问题。但是形式与内容的统一要由观众来肯定，表演者是不过处在客观地位。

（二）怎样去领略这歌剧的音乐

先从三个幕前曲的听法说起。

1.第一幕幕前曲：是描写慌乱的时代，车隆隆，马嘶嘶，又兼狂风的暴烈，枪炮声的纷集，使人心惶无定！音乐是用不协和音的奇怪的节奏和打击乐器写成。

2.第二场幕前曲：是描写寒风里，满天星斗给风吹得闪烁不定，村口摸进来一个黑影——是一个非常疲乏的伤兵！一个落伍的伤兵！受着饥寒交迫的他，疼苦地缓步上来。生的意志战胜死的憧憬鼓励他向前，不顾腿的重伤，口渴饥寒爬行般地前进，所以音乐是慢而带悲痛的。中段描写他挣扎，后段仍是伤疼结尾。

3.第三幕幕前曲：是描写李小兰在深夜所感觉的凄凉。配合着稀落的枪声，群狗的吠声——充满着恐怖，像是鬼哭神嚎一样的，直觉它是在代替这村子里它的主人（村民）在呼喊求援。中段还有一种声音代表被蹂躏的女人们的啜泣和微弱的反抗。狂风在不平。后段较沉寂，但微弱的声音是绝对不只是一两声，而是普遍地、连续地随狂风进行而没有中断。（**后缺**）

追悼大众的歌手张曙先生

这个不幸的消息，是由马可同志来信才知道！当时我非常感伤，因为敌人又夺去了我们一个大众歌手张曙先生！我还怀疑着他不是死去，昨天又接到朋友来信提及我才确信他已死了！

我对他的死固然感伤，但我应该更振奋，因为我们更要努力，希望多量的"大众歌手"去继续他未完成的工作。我们要追念他过去的努力精神，才算是他的朋友，才算是中国新兴音乐的一员。

他和我的交情已经有十多年，他有两点特长，而且是模范，值得我们敬佩！

（一）始终为中国新兴音乐努力：我们不管有没有成就，但根据他这种"始终为中国新兴音乐努力"的精神，就已经值得我们学习了。他写过不少的歌曲，尤其是抗敌歌曲，表现在他的歌曲作品里的精神，是刚强的，但也有柔和的，总之，是充满了个性的特色。他的作品，大半是反封建和反帝的，也写过许多舞台的插曲，如《洪水》《九里山前》、《复活》中的《喀秋沙歌》等，都是成功之作。他又替工农人们写了不少的歌曲，如《打桩歌》《牧牛歌》，电影方面他写过《大家一条心》等儿童歌曲。算起来总有一百多首的歌曲。

去年在军委会政治部他也作了不少的新尝试，尤其是用大鼓的形式，开展更广泛的歌咏运动。他试写过不少大鼓的谱；他参加过各式各样的团体和群众组织来增强他的工作；他也领导过成千成万的歌咏队在汉口游行歌唱！

他不但能奏各种乐器，还有很强大的歌喉，许多中国新兴音乐家的歌曲，由他口里唱出来。他唱《莫提起》曾经吸引全场的听众，使每个人都感到他的唱歌天才，表情的深刻，直到现在还有人告诉我，听过他唱《莫提起》而感到一种永远不会磨灭的印象。尤其当"八一三"未爆发之前，他用歌声直接领导民众！他唱《搬夫曲》激起当时上海工人对爱国的热情；他在汉口未失守以前，还广播《到敌人后方去》和《保卫东方的马德里》及其它小调民谣，使前后方的民众都感到兴奋，提高保卫大武汉的自信。他还组织了许多歌咏干部，发起很多歌咏大会。像他这样每日这样努力去干的"大众歌手"，在无论任何情形之下，应承认是他的特点，何况他又有天才和特长！

（二）喜欢创作：他不特有很强的个性，而且很喜欢创作。他不喜欢人们用过的旧调，他给我看过从没发表过的一个小型歌剧，全由新昆曲方法写成，非常的美丽而动听！他很快地写出《阿比西尼亚的母亲》的歌曲供上演，而且写得很奇异而有力。他对我说过要利用昆曲及各省民谣去创作，在他的作品中，已经渐渐进步到这样，渐渐生长起来。

根据这两点，他的确给中国新兴音乐做了不少工作。虽然他还未完成而遭受敌人的残杀，但他的精神，却永远值得我们学习。在抗战中我们需要像他一样的成千成万的"大众歌手"去奠定中国新音乐的基础。我们失去了聂耳、黄自、张曙，但我们不必过于悲伤，我们应该负起他们未完成的责任。（后缺）

我怎样写《黄河》

《黄河》的创作，虽然产生在物质条件很缺乏的延安，但已经创立了现阶段救亡歌曲的新型歌曲了。

过去的救亡歌曲虽然发生很大效果和得到广大群众的爱护，但不久又为群众所唾弃。因此，"量"与"质"的不平衡，就使很多歌曲在短期间消灭或全失效用。

《黄河》的歌词虽带文雅一点，但不会伤害它的作风。它有伟大的气魄，有技巧，有热情和真实，尤其是有光明的前途。而且它直接配合现阶段的需要，提出"保卫黄河"的伟大口号。它还充满美，充满写实、愤恨、悲壮的情绪，使一般没有渡过黄河的人和到过黄河的人都有一种同感。在歌词本身已尽够描写出数千年来的伟大黄河的历史了。

第一首《黄河船夫曲》。你如果静心去听，可以发现一幅图画，像几十个船夫划船，面上充满斗争的力量。歌曲有两种情绪是值得注意的：开首的紧张情形，是船夫们渡黄河时和波涛挣扎的情形，他们唱"划哟，冲上前"，"乌云啊，遮满天！浪花啊，打进船！伙伴啊，睁开眼！……"。最后一段是比较转松一点。在他们走近河岸的时候，他们充满着愉快、希望与光明。最后的两句，象征斗争的不断性。整个的歌曲，写出了一个斗争的运动过程。

《黄河颂》是用"颂"的方法写的，带着奔放的热情，高歌赞颂黄河之伟大、坚强。由男高音独唱，歌声悲壮，在伴奏中可以听出黄河奔流的力量！

《黄河之水天上来》是一首朗诵歌曲，我用三弦作伴奏，歌词的内容全由三弦表达出来，不是大鼓的伴奏方法。欧洲有一种歌词与伴奏相互独立的歌曲，由沃尔夫（Wolf）的提倡而完成。但中国歌曲用三弦来伴奏而表达歌词的内容，而又可独立自成一曲的，恐怕是第一次尝试。三弦的调子里，除了黄河的波浪澎湃声外，还有两个曲调蕴藏：一个是"满江红"，另一个是"义勇军进行曲"。但只有一点，而无全曲，这是由于曲调组织的关系。

《河边对口曲》是用民歌方式写的，用山西音调。最后四段的二部合唱是用甲乙的主调配合起来的。三弦和二胡代表甲乙的对唱和合唱。过门比较轻松有趣。但唱的人如用动作帮助歌曲的传达，就更为生动！

《黄水谣》是齐唱民谣式的歌曲。音调比较简单，带痛苦呻吟的表情。但与普通一般颓废的情绪不同，它充满着希望和奋斗！

《黄河怨》代表妇女被压迫的声音，被污辱的声音。音调是悲惨缠绵，是含着眼泪来唱的一首悲歌。假如唱的人没有这种情感，听众必然没有同感的反应，这是值得注意的。

《保卫黄河》是一首轮唱曲，从二部至四部轮唱。每一句都要有力地而且健康地、乐观地唱出。这是全用中国旋律写的轮唱。三部至四部轮唱时，内中有"龙格龙格龙"，是轮唱的伴奏，唱时要唱出风格才有趣。听来非常有趣和雄伟，一起一伏，变化无穷，只要留意不停地把旋律唱出。

《怒吼吧！黄河》是一首四部大合唱，里面有二、三、四部的合唱。曲调是诚恳和雄厚，充满热血和鼓励，是"黄河"歌曲中一个最重要的主调。最后两句："向着全世界受难的人们，发出战斗的警号！"是不断地唱三四次，至听众有了同感，才转到结尾。最好用军号吹奏，主调用战鼓伴奏，更可表现黄河的伟大。它的怒吼启发全世界劳动的受难大众和一切被压迫的人们。

《黄河》的作法，是在中国第一次尝试。希望爱护中国新兴音乐运动的朋友，给我们有力的指导，使我们有了鼓励，更努力去创作。

"鲁艺"与中国新兴音乐

——为"鲁艺"一周年纪念而写

"延安是中国青年的古城"——"延安也是建立中国新文艺的古城"——这是许多青年人自己说出来的话。延安之所以为延安,并不是偶然。它的确有历史和时代的背景,尤其在全国反帝反法西斯的今天,它自然地吸引全世界前进青年的注意,这一座古城已成为全世界青年的文艺古城,他们在盼望着延安青年的进步,他们在盼望世界的青年学习延安青年的刻苦奋斗,为世界和平而斗争的精神。

在艰苦奋斗、惨淡经营里,延安建立了军政训练的伟大场所,培养了千万的抗战勇士,建立了中国唯一的艺术学院——"鲁艺"。"鲁艺"的创立,虽然是短短的一周年,然而它却能尽了它的艺术的责任,也有了相当的艺术工作者的产生,分发到各战区工作,而且有很伟大的发展,特别在音乐一系里,他们在努力建立中国的新兴音乐。

中国新兴音乐酝酿在"七七"卢沟桥事变之前,那时已得到了广大群众的拥护。它煽动着组织着教育着群众去争取独立与自主,它发出雄亮的歌声来反抗侵略者,它歌颂着全国团结的力量，它鼓励一切被压迫的民族去反抗。这种雄亮的救亡歌声为中国几千年来所没有，而群众能受它的激荡，更加紧坚决地抵抗和团结，这是中国历史上少见的一件音乐史迹！虽然我国远在周唐两代，近在民国九年以后都曾经提倡过音乐教育，但那些音乐教育只不过停留在欣赏或研究圈子里面，而从没有领导群众去配合政治军事的作用来反映时代的需求，加强反封建反帝的潜力！

"鲁艺"音乐系的创立，虽然是在一个物质条件还缺乏和斗争的环境里，但它是步步地向着建立中国新兴音乐的大路迈进。他们不但是努力学习，而且许多人是从他们实际生活里求创作和发展，使中国新兴音乐绝对不是从空想中偶然得来，而实在是由民族艰苦抗战的宝贵经验和从整个民族流血的代价里所建立起来的。他们用很短少的时间学习了实用的音乐理论和技能，在学习期间他们还不断地创作。

创作了三个新型的歌剧（一为《农村曲》，向隅作曲；一为《军民进行曲》，冼星海作曲；一为《异国之秋》，李焕之作曲）；两个新型的大合唱（一为《生产运动大合唱》，冼星海作曲；一为《黄河大合唱》，冼星海作曲），都是比较接近大众，反映着中国新兴音乐的力量。它如民歌的搜集已在一千首以上，民歌创作又继续不断地产生。"鲁艺"在一年来，而且是在艰苦奋斗的抗战中，能这样地建立新型的音乐，在全国统算一下，或许只有"鲁艺"能建立起来。这又不能不说是延安的政治环境所献给于每一个音乐创作的青年！是青年古城里的生活环境所养成！

建立中国新兴音乐，是否只有在延安呢？如果过于武断来说也不十分妥当。现在是抗战已渐入新阶段的时期，全国的音乐工作者，需要认定他们自己的使命，联合起来，推动这重要的工作，即使在任何一个地方都有可能。我们必须：（一）从实际生活中创作新兴音乐的作品；（二）从创作经验里建立起新兴音乐的理论；（三）为着扩大影响，我们要组织更广泛、教育更多量的干部。从第一项说，我们创作怎样的新兴音乐呢？我的回答是以"大众化"为第一要紧。音乐要有力量，节奏要明显，要通过民族的形式和内容来创作民族的新兴音乐。作风上说我们第一不要抄袭或摹仿欧洲的音乐。第二不要趋向从前封建的形式和内容，或颓废的作风。创作者可利用欧洲曲体来创作中国新兴音乐，但要有新的和声，旋律性与调性方面是要中国的、民众的、通俗的。要达到这一点，就要以我国民歌小调、旧剧、大鼓及中国乐器的研究做基础。从第二项说是建立什么音乐理论？我的回答是，我们要有新兴音乐运动的理论基础，有民族音乐研究的理论（包括民谣、小调等），有中国和声学的发明和理论，更要有我国过去的古乐的研究理论，欧西乐学的理论。这是广泛地展开创立中国新兴音乐的理论基础的要求。比以上更要紧的是苏联新兴音乐的理论，新写实派的音乐理论。不管是创作或编译，我们先要从民族音乐理论的研究而进入整个东方音乐及一切被压迫的弱小民族的音乐理论研究。这样的步骤是需要时间和努力去建设的。第三项的组织与教育问题，是新兴音乐最实际的事。我们没有很好的组织和教育，中国新兴音乐会永远停留在散漫的状况里。欧洲最初的音乐教育学校是意大利的圣玛利院，是建立在一五三七年。法国的国立巴黎音乐院建立在一七八四年。德国的柏林国立音乐院建立在一八二二年。我们的"鲁艺"虽然建立在一九三八年的大时代里，但我们如果理解到它的前途的话，只有靠我们的教职员和同学，不断地去组织去担负扩大教育的责任。这好比是一朵鲜花，它所以能够开花结果，是需要太阳和泥土。艺术领导的工作者们是太阳和泥土，学员们是美丽的花朵，我们不特希望在太阳和泥土培植之下，生出美丽鲜艳的花朵，我们永远希望着天天有太阳和肥沃的泥土，去培植更多的更美丽的花朵。

"鲁艺"是不怕建立得比欧西各国音乐学院为迟，如果我们认定我们是从这艰苦的大时代建立起来的话，我们不只可以迎头赶上，我们更可巩固中国新兴音乐的基础。

"鲁艺"前途是光明的！"鲁艺"后生是可畏的！！

在抗战中纪念聂耳

——为聂耳逝世四周年而作

记得我在上海北四川路上海大戏院第一次参加纪念聂耳同志的会时，我们拥有几千的群众在座，并且唱出最雄亮的《义勇军进行曲》的歌声，好像要向日本帝国主义的走狗（特务机关）示威。当时的情形非常兴奋，使民众感觉到民族的呼声的伟大，不愿做奴隶的正义，反帝的坚决信念。

今年我们在抗战中来纪念聂耳逝世第四周年。在我们遍地炮声的国土里，而我们同时又是在遍地雄亮的抗战歌声里，我们每一个为民族解放斗争的国民，不应该忘记我们民族唯一的民众真正的歌曲家，他无时无刻不是站在我们抗战勇士的前面。

为着纪念他，我们要了解与学习他，尤其我们一班喜欢研究音乐的人和希望中国新兴音乐有伟大发展前途的音乐工作者。

聂耳同志原名守信，他是云南人，出身贫寒。在师范毕业后，他当过兵，流浪过一个时期，当他流浪到上海时，在一个歌舞团服务过。他自己非常用功和虚心学习，在服务二三年的时间里，学习不少的音乐，建立了一些基本的音乐学识。不久他在上海的联华影片公司、百代公司工作，在这时期已写了不少划时代的作品，如《大路歌》《开路先锋》《新女性》，《义勇军进行曲》，都是这时期的作品。因为他不满足自己，所以他有到苏联学习的期望，以期达到技巧和理论双方并进。经过日本时他要多学习一下，就停留在日本，不幸就溺死于日本海滨了。

他虽然只有二十三年的短促生命，但他从不浪费他的时间，对于学习，尤其苦心，他宁愿过着很贫穷的生活，从不曾放弃过学习音乐，他不浪费时间在恋爱，他不做无谓的空想。

他的作品是战斗的，他要用歌曲唤醒民众，他的作品又是反帝、反封建、反军阀的，是有历史意义的伟大产品，他的作品能反映中国群众的需要，为千百万群众所接受与传诵。他是新音乐的创作者，利用民谣形式加上新内容的第一人。他全部作品，虽然不过二十首，但已是代表民族的实生活的反映。

许多人说他欠缺修养和音乐上的最高技巧，这并不是全对的，由他的努力与实生活及创作的成绩而论，已超过许多所谓"音乐大师"或什么"作曲家"之流。正因为他觉得自己不够，他在虚心和努力学习里，已在无形中超过许许多多的有名无实的"音乐大师"！

我们纪念聂耳同志不是"人云亦云"，而是我们要纪念他是我们民族的一个伟人，代表时代，代表我们民族，发出反抗呼声的一个永远不灭的伟人！

他没有死！他永远是年青，他生长在每个年青人的心里。在抗战期中，他领导着我们高歌着雄亮的进行曲，他唤出前进！他永远鼓励我们前进！

一九三九年七月十七日 于延安"鲁艺"

《九一八大合唱》序

过去许多流行的东北歌曲当中，大半带有过份的伤感和颓废，只能引起听者的伤感情绪，不能给他们鼓励和兴奋。

现在已是抗战二周年了。"我国的战略退却阶段便已完结，而战略相持阶段便已到来"（毛泽东同志语）。我们在许多小胜当中，可以看出绝对有大胜之可能，我们更不应该有伤感的情绪表现在民族的歌声当中。反之，我们更要加强他们抗战的坚决信心，鼓励他们向前，达到收复一切失地、争取最后胜利的目的。

这个大合唱虽然是写"九一八"的，但在抗战期中，我们随时可以用得着，而且更要普遍唱出来，因为它是属于民众的东西。它的内容和形式却和其它的大合唱不同，或许比《黄河大合唱》更统一些。这里面除却第三段的女声独唱外，都是男女混声合唱。在五段的合唱当中每段都有合唱的性质，易于普遍到民间去。这大合唱还有一个特点，是利用中国打击乐器及其它中西乐器作伴奏；大半以延安所有乐器为限，这些乐器我们都尽力搜集用在里面。在旋律、节奏、和声方面，作者谨以尝试的态度去探求，不敢说有什么贡献，只是对抗战尽了一点微小的责任。

民歌研究与中国新音乐前途

根据以上所说，在抗战中谈民歌研究，并不是无意义的。现阶段的战争既然在乡村和广大的旷野，我们的对象当然是劳苦大众的工农们。音乐是从人类劳动过程中产生，我们也需要到劳动大众中去学习，并且交还给他们，教育组织他们，使音乐的作用能配合现阶段战争的需要，具有彻底的斗争性、政治性、教育性、现实性。我们中国音乐要从资产阶级小资产阶级的享乐性、感伤性等等倾向中彻底改造过来，建立一种新兴的民族音乐，代表进步的人民雄亮有生气的作风，代表着全民族的工农的朴实、耐劳、刻苦……的强大集体力量！这种音乐才是我们民族我们时代所要求的，是有民族性而又有世界性的。

从一九三五年起，中国音乐已进展到一个很有希望的时期，中国音乐家已在民族解放斗争中站定自己的岗位，负起自己的任务，去实践，去努力。《义勇军进行曲》《战歌》《救国进行曲》《打回老家去》《大刀进行曲》《自由神》，是我们民族最初一页的战歌。其后，我们有《青年进行曲》《莫提起》《缉私歌》《全国动员》《新的中国》《团结起来》《奋起救国》《打杀汉奸》《我们不怕流血》《热血》《黄河之恋》《抗敌歌》《旗正飘飘》《全民抗战》《打到东北去》《游击队歌》《中国空军战歌》《八一三战歌》《反攻》等等的作品，这些都是我们到了全民抗战的伟大时期所产生的。在新兴音乐运动中，我们特别不能忘记聂耳的劳绩，他当着先锋，不但遗留给了我们有名的《义勇军进行曲》，而且留下了许多工农的歌曲，如《打长江》《大路歌》《开路先锋》《打桩歌》《卖报歌》等。在抗战中，新兴音乐就产生了不少创作的民歌，如上海沪西纱厂工人集体创作的《工人自叹》，还有许多如《工农救国歌》《大家看》《起重匠》《上海农民歌》《心头恨》《车夫曲》《挖河歌》《长工歌》《放牛歌》《背纤歌》《炭夫歌》《四季回忆江南》《嘉陵江上》《淮河船夫曲》《龙船曲》《印刷工人歌》《拉犁歌》《女工救国歌》等等。这些歌曲，都是真正能为民众所接受的，这较之"八一三"以前是更加进步了。自然，在中国的新音乐中，还有二些不大众化的东西。如陈厚庵著的《宋词新歌集》，词不能普遍化，音乐又是西洋化的东西，不能与宋词调和；还有《松风》，是种模仿西洋的四部合唱，又配上深奥的词，对大众不能发生丝毫影响。又如萧友梅博士，在最初音乐运动时写的《新歌初集》，也只有一个《问》，还有一个《南飞之雁语》，在当时比较流行，近年来就没有什么歌产生。胡周淑安的《抒情歌曲集》，尽量模仿欧美歌剧的作风，和我们中国甚不调和，题材、歌词离开现实；《佛曲》是她填的和声，曾受一部分人所欢迎的，但在和声上并未发现新的东西。黄自在许多作品中，曲调跟和声都是比较西洋化的；《天伦歌》《山在虚无飘渺间》，除含有感伤和神秘性以外，没有别的贡献我们；和声方面，还不能代表民族的。李惟宁在其《爱国歌集》中，比较有中国风味的如

《玉门出塞歌》，还有《渔父》；但是歌词方面还不是进步的内容，和声还是含有浓厚的奥国作风，尤其是《家乡》《空军歌》。有人说李惟宁要把《西厢记》写成中国歌剧，这是个很好的尝试，他比黄自民族气味较浓厚，技巧亦较高深，在实际生活中如能努力锻炼，一定会对于我们贡献很大的。刘雪庵的《布谷》，旋律未能充分发挥民族性，都是浮浅单薄的、不健康的，而且没有完成特别作风；在和声上没有发现新的，还是十八世纪的旧和声方法。我们需要的是更有趣味更复杂的民族和声。抗战以后他写了一个《长城谣》，供用于电影，颇为流行，但含有感伤情调，在这新阶段的今日，我们不希望有这种感伤的东西。赵元任的《劳动歌》《卖布谣》等，都是较好的作品，因赵元任的配词和音律相当准确，但在和声上也没找出新的东西来；抗战以来他很少作品，他的成功与其说是在民歌毋宁说是在语言学上。贺绿汀的《保家乡》，是抗战以来一个很好的民歌，可是因为带有女性的柔和的曲调，只是普遍一时，不能较久远地流行于战士之间。贺绿汀的创作渐渐能运用新的对位及和声，但还未能完成整个任务。在实际生活上，使他没有魄力去处理民歌，只能停留在那个阶段。虽然这些在技巧上已有成就，且颇负时望的作曲家，今天还不能十分尽力于民族化、大众化的音乐的创造，但大众歌曲毫无疑义的已成了抗战时期音乐的主流。在抗战时期，我们发现了很多的较健康的、较理智的歌曲，无论改编的、创作的与配词，都已经抵到民众的心理，达到对老百姓宣传的目的。例如：张寒晖的《松花江上》，马可的《白沙河畔》《守黄河》，程安波的《十杯茶》，吕骥的《开荒》《大丹河》，向隅的《红缨枪》，舒模的《军民合作》，洛宾的《洗衣曲》，沙梅的《我要当兵去》《打回东北去》，杜矢甲的《青山青》，李焕之的《青年颂》，张曙的《丈夫去当兵》《壮丁上前线》，最近在延安集体创作的歌剧《农村曲》和我作的三幕歌剧《军民进行曲》，以及《生产大合唱》（三段）、《黄河大合唱》（八段）、《九一八大合唱》（五段）等。这些成绩在某点上说都是研究民歌的结果，从民歌洗炼出来的。

研究民歌更可以得到创造新歌剧新舞蹈的途径，我们也可以效法西洋的利用民歌创作交响乐和各种形式的音乐。

配合着整个政治和社会的基础，希望中国伟大民族能够有一种很健全的工农音乐建立，给我们创作大量民歌作为基础，反映我们一切实际生活。

我们研究民歌就正是为了要去更真实更生动反映大众的生活、习惯、语言，通过民歌去了解民众，以借作新歌曲的参考，并且吸收民歌的优良艺术要素来创造更丰富的、伟大的、最民族性，同时也是最国际性的歌曲和乐器曲。我认为要建立中国新音乐，研究民歌是不可少的一部分重要工作，是音乐工作者的重要工作之一环！

论中国音乐的民族形式

目前中国音乐界对于应用民族形式问题，还没有得到统一确实的结论。有些人主张用西洋音乐形式，有些人主张用旧的民族形式。这两种主张，都是有点偏见。

研究过中国音乐的发展历史和现代中国新兴音乐运动的人，他必定知道中国过去和现在社会的不同。中国音乐的变迁也是随着时代来变迁的。我们虽然有很长久的音乐历史，有着唐宋两代音乐的结晶品，包含着很丰富民族色彩的内容和形式，但遗下给我们并不多。清末所遗下给我们只是一些民谣小调和京调梆子。我们真正的新兴音乐开始却在迟迟的一九三五年。"八一三"以后才巩固它的基础和发展，尤其在抗战中，在反对帝国主义侵略的大时代中。

中国音乐的民族形式可取的地方很多，但旧形式和旧内容虽然调和地能配合，却绝对不适合于现在。新内容配合旧形式是有点不调和，新内容配合新形式是调和又兼需要，但往往不能给大众很快和很自然的接受。因此要处理中国音乐形式的问题，的确不是一件容易的事。我个人是主张以内容决定形式，拿现代进步的音乐眼光来产生新的内容，使音乐的内容能反映现实，反映民族的思想、感情和生活。尤其在今日中国的音乐，应具有反抗性、组织性、教育性和最重要的正确的政治性的原素。

利用民族旧形式不是无条件的，或盲目接受。中国民族既是伟大的，因而文字、语言、风俗、习惯都有很复杂和特殊的不同。如果真正要应用民族形式而得到收效的话，第一，我们要统一语言和文字。第二，我们要改良固有的古乐，使这些古乐经过现在科学方法的改造，能够应用在乐曲里面，表示着更民族化的音色。明清雅乐里面采取的乐器如九云锣、笙、管子、唢呐、海笛、横笛、箫、洞箫、提琴、二胡、双琴、三弦、怀鼓、单皮鼓、堂鼓、大锣、齐钹、大钹、板等都可用。我们再能在敲击乐器里面加入如钟、磬、琴、瑟、箎、篪、莞、簧、缶、埙和各种中国的鼓，能发生特殊音色的土鼓、县鼓、鲁鼓、薛鼓、贲鼓、鼍鼓等，还有木鱼、竹板、骨扇等，能配合现在西洋所用的进步乐器，必然地可以产生更奇伟的中国新的民族音色。第三，我们要发明中国的新和声原则和它的应用，代表着现在新时代的产物，实现新民族的形式。我们还须要从中国民族固有的调和律去找出新的调和律来。第四，参考西洋最进步的乐曲形式，从事改良中国的民族形式，建立中国乐曲的新形式。第五，参考和研究世界最进步的作曲家国民乐派的作曲家，他们的作曲方法和作风，增进中国民族音乐形式和作风，由量的增加，质的充实，取得与国际的先进音乐国家并驾齐驱的地位。第六，保存我国民族音乐的特殊作风，使中国固有的民族所遗下的小调民谣，或京调、梆子的旋律，在美、协和及民族浓厚色彩各方面，能胜过世界任何一国（因为中国民族的伟大，小调民谣的丰富在世界上是首屈一指的）。中国民族音乐，虽然没有发明了自己民族的和声，但在旋律里已充分表现民族的情感、生活和文化。如二簧是圆稳有趣，西皮是凄楚激昂，梆子是悲壮激越，昆曲是温雅幽静，高腔是朴直有神。我们如果能运用这里面的民族特殊作风，加以新的组织和发展，无疑地能产生民族新形式。还有历史上外族音乐流传给中国，在中国音乐史上发生伟大作用的如北狄的鼓吹乐，鲜卑的北歌，"西域诸国"的音乐，"西南诸国"的音乐尤以铙歌、北歌、莋都夷歌，确能充分表现中国民族音乐的旧形式之外，还影响中国历代音乐的变迁。我们可以利用它的旧形式而创作新的形式出来。尤其是外族的舞曲里面的浓厚民族色彩，奇特的敲击乐器的音色。外族或我们固有的舞蹈，在它的节奏里面，是代表着民族音乐的灵魂，敲击乐器如钟、鼓、磬等都是我们将来发展歌舞、歌剧，或大规模的乐曲的乐器。第七，我们应该注重中国工农音乐的发展，创造中国最有力量、最优秀、最彻底具有革命斗争性的新兴音乐。发展中国工农的音乐是创造中国民族新形式最基本的出发点。近年来在新兴音乐运动中创作的《大路歌》《开路先锋》《打长江》《拉犁歌》《搬夫曲》《打铁歌》《嘉陵江上》《筑堤歌》《开荒》和最近创造的二个大合唱：（一）《生产运动大合唱》（二）《黄河大合唱》，中国新歌剧《农村曲》《军民进行曲》，都是根据新内容配合民族新形式，而得到成功的作品。我们更可运用中国工农的歌谣或故事，创造中国新兴音乐的"中国工农组曲"，"交响乐"，"音诗"，"音画"等。我们可以从劳动歌声里发现许许多多宝藏，如《锯大缸》《数来宝》《莲花落》《十二月花》《割麦歌》《拉绳歌》《打桩歌》等，利用这些宝藏创作工农音乐的新形式。

在抗战期中，全世界的艺术界都注意中国，尤其在新音乐发展方面。他们称我们的民族是"歌咏民族"，因为根据我们抗战歌咏的普遍和发生了作用的原故。成为中华民族的呼声的抗战歌曲，绝不是偶然的，它是通过大众、通过斗争和组织，从整个民族反映出来的民族音乐，民族呼声。中华民族，在"持久战"和"争取民族解放""争取最后胜利"的坚强信念里面，他可以战胜日本帝国主义，他可以建立新的民族形式的艺术，音乐是不能例外的，它随着一个崭新的民族而出现它的崭新姿态，代表时代、社会、斗争、生活、思想和进步的正确的政治观念。

边区的音乐运动

——一月八日在"文协"代表大会上的报告

同志们,刚才主席说过,要我把边区的音乐运动,给大家来报告,我非常愿意,而且我还想把全国性的音乐运动,报告给大家知道,因此我分着四大部分来讲:

(一)音乐在抗战期中的作用和任务。
(二)抗战两年半以来的音乐界动况。
(三)边区的音乐运动,它的成绩,优点和缺点。
(四)今后音乐工作者的方向。

(一)音乐在抗战期中的作用和任务

从音乐本身来讲,它的作用是很大的,在抗战期中它应该是把握着它的战斗性,用音乐做唯一的斗争武器,配合着抗战,在政治领导之下发挥了威力。它是一种宣传工具,利用了它去宣传;它是改造社会的工具,它不但反映社会,而且更进一步改造社会,在抗战期中的乡村里,它负有很大的改造作用;它是一种教育工具,在抗战期中教育了广大群众;它是一种组织的工作,它组织了无数人民参加了抗战;它能团结民族,指示它的团结重要；它是一个民族的灵魂，在抗战期中以不屈不挠的歌声，争取民族独立自由的光明前途。

它的任务可分五点来讲：

第一是动员全国音乐界的力量，巩固全国音乐界的统一战线，使救亡歌咏能普遍地深入内地和前线，深入敌人后方，唤醒大众，认识这次全民抗战的意义，使他们明白这次战争是与日本帝国主义的战争，是中华民族的保卫祖国的战争，使他们深信只有坚持团结，反对汉奸及任何妥协投降分子，才能实现抗战建国的任务。

第二是动员与联合全国进步的音乐工作者，音乐教育家，在民族解放号召之下，贡献他们的作品和组织工作，带有浓厚的斗争性、教育性、组织性、革命性、阶级性和国际性的音乐任务，使音乐工作者成为一个抗日战士，在政治领导之下，完成它的任务。

第三是建立中国新兴音乐和革命音乐，这个工作任务是每个工作者要毫不犹疑地担负起来。他们首先要加强理论修养，尤其是马列主义艺术理论的修养，以这种理论去领导中国新兴音乐和革命音乐的运动。其次要加强技巧的锻炼，利用完整的技巧，发扬和实现音乐的理论基础。再其次我们要从理论和技巧的基础去创作，大量地去创作以适应大众的需要。最后我们要利用歌咏的宣传力量，在抗战期中发扬高度的民族自尊心，自信心，激发全国同胞的爱国热忱；反对过去的半封建半殖民地的思想；反对异族的奴役、愚民政策、复古、武断与独断；破除他们的迷信，排斥盲从；提倡民族的优良传统，要求思想自由，鼓舞思想活泼，及新的创造力：运用音乐的新旧形式，创作各种新的内容新的形式的作品；提倡民族形式，反对抄袭和颓废的音乐作风，提倡现实的作品，和具有简单明显，有气魄，大众化的民主内容的音乐。

第四是为着持久战和支持着抗战到最后的胜利，我们要大量地培养干部，使经常地和抗战联系，并提高前后方的文化娱乐，鼓动军队里的战斗力量，给他们以鼓励和安慰，宣传和组织大众到前方参加抗战。

第五是为着开展抗战力量，提高军队文化娱乐和教育大众，我们须大量地出版各式各样的音乐刊物，出版音乐的批评和单页的歌曲。有了这样的刊物，我们才容易建立起统一的歌咏战线，解决各种问题和歌曲的贫乏。

（二）抗战两年半以来的音乐界动况

1. 音乐成为抗战的先声

中国新兴音乐可分为五期的发展，"八一三"以后更迅速地进步。然而中国新兴音乐，远在甲午战役之后，因受帝国主义侵略而接受了西洋文化，尤其影响最大的是东洋所输入中国的简谱，在光绪三十年间才有唱歌。"五四"运动使中国新兴音乐更加强调了"中学为体，西学为用"，可惜当时的音乐大都是歌唱，限于学校方面，以修身、陶冶性情为目的，没有任何作用，尤以女子学习音乐居多，当然还没有完全脱离半封建半殖民地的思想，这是第一期。第二期已是介绍西洋音乐形式和内容的时期，大概在"五四"到"五卅"，北平的"北大"音乐传习所的创办，提倡了中西音乐的改进；而同时黎锦晖的音乐和赵元任的歌曲，得到了小市民和一般资产阶级的爱护，比第一期远胜得多。可是当时的音乐没有把握着进步的政治形式，没有前进的理论作领导。第三期在一九二五至一九二七大革命时期，表现了"五四"运动的精神，接受了俄国许多革命歌曲，富有革命性和斗争性的内容的音乐，足以影响中国新兴音乐运动，而动摇了小资产阶级的音乐，这是一个启蒙的革命音乐运动时期。第四期在一九二七至一九三一，中国新兴音乐走入了一个沉默时期，许多青年作曲走向享乐主义的路，尤其受美国电影歌曲的影响。而大众作曲家聂耳以新的姿态出现了，利用了电影、话剧和歌舞的现实题材，创作了新型的音乐，打破了当时的沉闷空气，建立了中国新兴音乐的基础。第五期是一九三五年到"八一三"，是新兴音乐的强大时期。"国防音乐"提出后，得到了广大的群众拥护，救亡歌咏撒遍全国，到"八一三"那年，先后组织了上海救亡歌咏协会，和其他民众歌咏团，完成了它的先导责任。有人说："假如救亡歌咏不普遍的话，战争或许会延迟一些。"因为鼓动着全国抗战的热情，首先是救亡歌曲。

2. 全国音乐界的团结

"八一三"以后，全国音乐界起了一个大变动，表现了团结的精神，克服了过去的门户、派别的种种现象，在抗战期中成立了中华全国歌咏协会，最近又成立了中国音乐协会。

3. 音乐到前线去

抗战期中大多数的歌咏团体是在前线工作；在武汉没有失陷以前还组织了歌咏干部训练班；现在教育部又成立了音乐的训练班和歌咏队，在桂林和各处都有组织。在西北更其活跃，鲁迅艺术学院的音乐系，他们大部分的学生，都是到前线去，尤其在战线里生活着，工作着，实现了他们战斗的生活；在八路军和新四军的队伍中，可以说没有一个不会歌唱的同志。

4. 大量的创作

抗战以来，救亡歌曲的散布，超过了千首以上，现在还不断地产生，我们可以举出一些歌集和歌曲刊物，就可以知道一般了，散布到全国的有这几种，如《大众歌声》《民族呼声集》《战歌》《解放歌声》《抗敌歌集》《救亡歌曲集丛》《中国抗战歌曲集》《西北歌声》《战地歌声》《西北号角》《中国空军》，以及各战区歌集；个人歌曲的作品集如《反攻》《保卫祖国》和各种合唱等等。在量与质方面展开得惊人，实在是中国新兴音乐的伟大贡献。

5. 歌咏在电影戏剧上的贡献

在电影方面的确比战前有了进步，我可以举出几个片子的歌曲来证实，如《歌八百壮士》《保卫我们的土地》《保家乡》《长城谣》《在太行山上》《旗正飘飘》《打回东北去》《最后的胜利是我们的》等歌曲。故事片和时事片都插有救亡歌曲，比较战前的《毕业歌》《大路歌》《开路先锋》《义勇军进行曲》《自由神》《青年进行曲》《救国军歌》更整齐些。大众音乐水平亦已提高。

话剧方面在战前已有许多歌曲插在剧幕中间，《扬子江暴风雨》一剧几乎全是歌曲。"七七"抗战时的《五月的鲜花》和抗战后的《松花江上》，是普遍了全国。还有许多街头剧都是用歌咏作中心去吸引大众。在话剧史上有贡献的《最后的胜利》《一年间》,都是有歌咏作背景。

在歌剧方面,抗战以来产生了一些,虽然不怎样多,但前线的士兵都很欢迎,《农村曲》《军民进行曲》《异国之秋》《流亡三部曲》《黄花曲》这些都已写成功并且上演过多次;还有《台儿庄》《小战地服务队》《战地之春》不久可以演出。一般人喜欢歌剧,因而歌剧必然会产生更多,这是在战前没有的。旧形式旧内容的京戏,有时还用新内容表现。秦腔和鄘鄂或其他的地方戏,都换上了他们的新内容,《查路条》《一心堂》等戏都是成功的,得到广大群众的欢迎。

6. 音乐干部的训练

在抗战期中不知训练了多少音乐干部,尤其在大后方和敌人后方,我们到处有歌咏干部。在武汉未失陷前军委会政治部第三厅曾经大规模地组织了歌咏干部。现在鲁迅艺术学院,民族革命艺术学院也有计划地在训练干部。桂林和重庆也有它的干部组织。在前线各战区,到处可以遇见培养音乐干部的工作。高尔基艺术学院已胜利地建立在华北游击区,其他如八路军领导的"太行山剧团""烽火剧团""奋斗剧团"等都是受过训练,工作积极的团体。最近在"鲁艺"受训的"抗战剧团"和"吕梁山剧团"都是有它的作用的。目前音乐干部训练的中心,算来有三个,一个在重庆,一个在桂林,一个在我们这里——延安,也就是鲁迅艺术学院,而尤以"鲁艺"为最重要的一个中心。

(三)边区的音乐运动,它的成绩,优点和缺点

边区音乐运动成了全国的中心,是有它的根据的,不但在它

的成绩来说，而且对全国大众也有共同的信仰，尤其大部分参加救亡运动的进步音乐工作者是集中在边区。我先把它分做八点来讲：

1. "鲁艺"音乐系的成立

它是在一九三八年四月十日成立，属于鲁迅艺术学院之一部。成立以来快到两周年了，今年第三届将快结束，第四届又快开始，在过去两届和现在的学生，虽然人数不见得很多，但他们都能完成了教育计划，毕业后分配到前后方工作，无论在学习与生活方面，都是一届比一届进步。

2. 边区音协的成立和它的工作

在"鲁艺"音乐系成立不久，音协跟着成立，去年工作虽不十分紧张，但也举行了好几个音乐晚会，今年重新组织后，已决定刊行音协的会刊，并将在旧历年举行一个民众的音乐会，以全延安的学校团体组成一个五百人的大合唱团，将来还想增加到一千人以上的大合唱。

3. 推行边区的歌咏，普遍到每个角落

边区歌咏相当普遍，而且能深入到每个角落，不论在学校和机关及民众，他们嘴里都能哼几句最新的歌曲，只要曾经公开唱过的，他们都会唱，尤其士兵和老百姓，甚至小孩和妇女都会唱几句。

4. 大合唱和歌剧的产生和歌舞的创作

边区音乐运动的最大贡献和成绩，要算是产生了几个大合唱，除《生产运动大合唱》《九一八大合唱》《青年大合唱》《保卫西北大合唱》《黄河大合唱》以外，现在还陆续有新的大合唱产生。在这些大合唱当中，给人最深印象的算是《生产运动》与《黄河》大合唱。在歌剧方面，《农村曲》《军民进行曲》《异国之秋》都是产生在边区而获得到好评。民族形式的歌剧在边区也是很注意的，现在还在发展，成绩还好。在舞蹈方面，最近由女子大学、烽火剧团、抗战剧团、"鲁艺"实验剧团的努力，创作了"苗人舞""生产运动舞""烽火舞""保卫黄河舞""小小锄奸队舞""秧歌舞"，都是反映着现阶段的需要，发挥了政治的作用的作品。

5. 民歌研究会的成立

这虽然是一个小小的组织，但他们的努力是给了中国新兴音乐的前途有莫大的贡献的。因为它不只收集了数千首以上的民歌，而且还继续整理和写作许多音乐论文。

6. 音乐晚会的表现

边区不但有群众的大合唱，而且有大规模的音乐晚会，经常一年有几次，除唱歌外还有乐器的表演。其他还有纪念、追悼聂耳、黄自、张曙的音乐会。"鲁艺"音乐系还有许多实习晚会，这些实习晚会就是小规模的音乐晚会的准备。

7. 歌咏工作者到前线去，到敌人后方去

"鲁艺"每届毕业的学生，百分之五十是上前线的。去年曾动员了两百多艺术干部上前线，这种动员，恐怕是打破了中国艺术界的记录。尤其是歌咏干部，他们是很乐意地要求上前线和到敌人后方去。

8. 边区音乐作品的特点

在党中央文艺政策领导之下，一切文艺创作是向着大众化入手，因而这些作品更会被大众所接受，它具有简单、雄亮、活泼、轻松和沉实等种种不同的感情与作风，反映抗战，提高了军队与人民的精神和觉悟。以上八点，都是边区的音乐运动成绩。

它的优点，我们可分着五点来讲：1. 因为边区是以马列主义做文艺理论基础，与边区外的音乐运动不同，在理论与创作上都是能够把握着现实与阶级的立场。2. 边区工作与实践是能够配合一致的，与外边有些不同。3. 创作和技巧是不断的锻炼与努力，有学习再学习的艰苦作风。4. 研究和讨论是采取民主或集体创作方法进行，文艺干部不分彼此，都是诚恳的研究和讨论，尤其以民主的方式，集体创作的方法，表现了边区成绩。5. 边区既然以世界上最科学的马列主义艺术理论为基础，它就很快地能够建立全国音乐运动的中心。因为理论是行动的指南，我们把握着正确的理论，便能起很大的领导作用；音乐干部既然集中在边区，它就能成为全国音乐干部的中心，发展了他们的活动范围，影响广大的群众。

边区音运的优点已经讲过，但是它的缺点也不少，现在分做七点来讲：

1. 未能建立全国性的音乐中心与联系

这是不能否认的事实，边区虽然有相当坚强的音乐干部和教育，但因物质条件不够和交通不便，未能取得与全国的联系，难起领导的核心作用。互相交换意见，和建立全国音乐通信网，是巩固与全国音乐界联系的最重要方法。

2. 缺少大量创作，尤其缺少关于对敌宣传、妇女、儿童和真正的士兵歌曲

边区音运如果要影响全国，领导全国，它一定要有大量的创

作，在歌曲方面和理论方面都要大量的产生供应全国。边区的音运存在着的缺点就是缺少对敌宣传，以及儿童、妇女和士兵的歌曲，这些歌曲是现阶段最需要而且最实际的。

3. 出版物太少，没有统一的音乐刊物

这一点指出来是必要的，全国音乐工作者曾经写信来边区索取歌页和音乐理论，我们油印得不多，不够发给他们，最大缺点是我们还没有统一的音乐刊物，还没有把音乐理论和创作刊印出来，很容易使外间的音乐工作失去我们的领导和联系。

4. 音乐理论丛书太少

抗战已经二年多，边区还没有注意到音乐丛书的刊印，而外间又不加注意，因而许多音乐工作者感到缺乏理论的苦闷，现在"鲁艺"编音乐丛书是弥补这缺点。

5. 研究组织太少

"鲁艺"音乐系虽然是其中之一，但音乐研究机关在边区很少建立起来，因此它的发展也不会庞大，没有这研究的组织，也就可以说人们的接受救亡歌曲的程度不会很高，新的歌声未必能够打动他们，他们也未必乐意唱。

6. 对国际宣传太少

边区的音乐是有它的风格，可惜对国际宣传还不够，平常又没有准备好的歌曲和理论，临时就以油印的简谱应酬，而且歌曲题材缺少全国性的，即使一个外国记者拿了我们边区的音乐，想作国际的宣传也感到内容的限制。

7. 没有大量的器乐曲

这一点不但是我们的边区，也许是全国音乐界也感到的。目前需要大量歌曲，但还不够，我们更需要军乐和其他器乐曲子，甚至民族形式的器乐曲子我们都要，因为这在军队中和后方的文化娱乐工作当中是很需要的。

以上的缺点，如果我们能克服它，无疑地会使边区音乐有影响全国音乐运动之可能。

（四）今后音乐工作者的方向

同志们，我们是音乐工作者，我们有过去的光荣历史和成绩，今后我们更应把握我们的方向，这里我提出十三点意见作为我的结论。

第一，我们要建立全国音乐界的统一战线，努力加强音乐界的团结——要实现这个要求，我诚恳地向全国音乐界各个工作者和领导者提出：打消门户宗派的意见，以抗战为第一任务，以团结击破敌人的阴谋为第一步。我们没有团结，什么事情都干不好，所以我们要巩固全国音乐界的统一战线。

第二，我们要使歌咏能够活生生地深入大众，不要叫歌咏成为私人的东西，停留在某一阶层。救亡歌咏是产生在大众之间，我们要还给大众，同时教育他们。我们并且要求自由出版，自由歌唱，成为我们民族唯一的呼声。

第三，我们要以音乐做斗争的唯一武器，配合政治、教育、组织、团结大众，争取我们光荣的最后胜利。

第四，我们要训练大量的歌咏干部，强有力的歌咏干部，使音运能顺利地开展，音乐干部可以决定中国新兴音乐的前途。

第五，我们要提高音乐水平，运用新旧形式去创作音乐。现阶段需要我们新鲜的音乐，那些音乐也就是我们民族争取自由独立之先声。大众需要提高水平，也就是我们努力运用新旧形式的时候，也就是我们创作新的民族形式的音乐的时候。

第六，我们要加强理论、创作、研究、讨论、出版等工作——这不特使我们能有系统地进行工作，而且在今日新中国的建设当中，我们是应该加强理论、创作、研究、讨论、出版几项工作。没有这个基础，我们就没有工作根据。

第七，纠正一切不健康的作风——我们有宏亮的歌声，但我们国内又存在着不少带感伤、失望、颓废、悲观的歌声。我们工作者须时常留意，不要受这种歌曲的影响，反之我们要纠正它，不要使这类歌声，感染整个民族，走向妥协投降和不抵抗的路上去。

第八，音乐工作者要加强他们的实际生活，他们要勇敢地到前线去，以实际生活来纠正他的学习和生活。没有这种生活，一个音乐工作者，不会很好地成长起来的。

第九，我们要虚心地学习和创作。不讨厌固有的良好歌曲，尤其是先前作曲家的战斗歌曲，同时不要以私人歌曲做宣传自己或夸耀自己的工具，这个毛病是抗战以来许多音乐工作者犯到的毛病。

第十，我们要在艰苦中建立中国新兴音乐的基础，把中国音乐提高，争取国际乐坛地位。

第十一，我们要学习苏联的新作风，同时发扬自己民族的优良形式的内容。

第十二，在抗战期中实现以歌咏粉碎敌人、揭破敌人的阴谋，指示民众抗战和正确的路线。

第十三，我们要不脱离大众以音乐去服务抗战，音乐工作者要与大众共同生活，共同患难，没有大众的音乐工作者，是不会工作下去的。

总之，我们音乐工作者，要时时刻刻地把握着，我们还在抗战，还在最艰苦阶段中工作着，不容许我们以音乐作无谓的消遣，我们把握它做一件武器。不久的将来，日寇被赶到鸭绿江边的时候，我们音乐工作者，是有他们一份责任的。同志们，努力吧！我们的歌声告诉了我们，最后胜利是我们的。

我学习音乐的经过

××兄：

我到这里已经一年多了。现在又是春大。每年春天，我总想多写些东西，今年春天，大概还能更多写一些吧。我刚刚写完《三八》妇女歌舞活报、《牺盟大合唱》，又要开手写《滏阳河》歌剧和《敌后抗日根据地大合唱》……

我住的地方是一条小溪流入一条河的山沟边。春天冰雪融化了，河水、溪水浓重地、磅礴地向东奔流。在柳树枝头抹着苔绿的包围里，礼堂——从前是个教堂——的双塔尖插入明秀的天空，引起了异国的回忆，我想起你前次的来信。

你问起我的创作经验，我觉得我还谈不上什么经验，因为我现在也还在学习中。但为了答谢你给我的鼓励，只好不避厚颜，将学习的经过乱七八糟的写下来。这样的东西，怕于你没有什么益处吧！

一、在巴黎

我曾在国内学音乐有好些年。在广州岭南大学教音乐的时候，感到国内学音乐的环境不方便，很想到法国去。同时，我奢想把我的音乐技巧学的很好，成功为一个"国际的"音乐家。正在考虑之际，凑巧得马思聪先生的帮忙，介绍了他在巴黎的先生奥别多菲尔（Paul Oberdoeffer）给我，于是我下了很大的决心，不顾自己的穷困，在一九二九年离开祖国到巴黎去。到了巴黎，找到餐馆跑堂的工作后，就开始跟这位世界名提琴师学提琴。奥别多菲尔先生，过去教马先生时，每月收学费二百佛郎（当时约合华币十元左右）。教我的时候，因打听出我是个做工的，就不收学费。接着我又找到路爱日·加隆先生，跟他学"和声学""对位学""赋加曲"（"Fugue"——学作曲的要经过的课程）。加隆先生是巴黎音乐院的名教授，收学费每月也要二百佛郎。但他知道我的穷困后，也不收我的学费。我又跟"国民学派"士苛蓝·港多隆姆学校（是一个唱歌学校，系巴黎最有名的音乐院之一，与巴黎音乐院齐名，也是专注重天才。与巴黎音乐院不同之处，是它不限制年龄。巴黎音乐院则廿岁上下才有资格入学。此外，它除了注意技巧外，对音乐理论比巴黎音乐院更注意）的作曲教授丹第学作曲，他算是我第一个教作曲的教师。以后，我又跟里昂古特先生学作曲。同时跟拉卑先生学指挥。这些日子里，我还未入巴黎音乐院，生活穷困极了，常常妨碍学习。

我常常在失业与饥饿中，而且求救无门。在找到了职业时，学习的时间却又太少……我曾经做过各种各样的下役，像餐馆跑堂、理发店杂役，做过西崽（Boy），做过看守电话的佣人和其他各种被人看作下贱的跑腿。在繁重琐屑的工作里，只能在忙里抽出一点时间来学习提琴、看看谱、练习写曲。但是时间都不能固定，除了上课的时间无论如何要想法去上课外，有时在晚上能够在厨房里学习提琴就好了，最糟的有时一早五点钟起来，直做到晚上十二点钟。有一次，因为白天上课弄的很累，回来又一直做到晚上九点钟，最后一次端菜上楼时，因为晕眩连人带菜都摔倒，挨了一顿骂之后，第二天就被开除了。我很不愿把我是一个工读生的底细告诉我的同事们，甚至连老板也不告诉。因此，同事对我很不好，有些还忌刻我，在我要去上课的那天故意多找工作给我做，还打骂我，因此，我也曾同人打架。有一个同事是东北人，他一看见我学习，总是找事给我做，譬如说壁上有一丝尘，要我去揩等等。但我对他很好，常常给他写信回家（东北），他终于感动了，对我特别看待，给我衣服穿等，可是我还不告诉他我入学的事。

我失过十几次业，饿饭，找不到住处，一切困难问题都遇到过。有几次又冷又饿，实在坚持不住，在街上软瘫下来了。我那时想大概要饿死了，幸而总侥幸碰到些救助的人。这些人是些外国的流浪者，有些是没落贵族，有些是白俄。大概他们知道我能弹奏提琴，所以常在什么宴会里请我弹奏，每次给二百法郎，有时多的给一千法郎。有对白俄夫妇，他们已没落到做苦工，已知道了劳动者的苦楚，他们竟把得到很微薄的工资帮助我——请我吃饭。我就是这样朝朝暮暮地过活，谈不上什么安定。有过好几天，饿得快死，没法，只得提了提琴到咖啡馆、大餐馆中去拉奏讨钱。忍着羞辱拉了整天得不到多少钱，回到寓所不觉痛哭起来，把钱扔到地下，但又不得不拾起来。门外房东在敲门要房金，只好把讨到的钱给他，否则就有到捕房去坐牢的危险（其实，如不是为了学习，倒是个活路）。有一次讨钱的时候，一个有钱的中国留学生把我的碟子摔碎，掌我的颊，说我丢中国人的丑！我当时不能反抗，含着泪悲愤得说不出话来。——在巴黎的中国留学生很不喜欢我，他们有钱，有些领了很大一笔津贴，但却不借给我一文。有时，我并不是为了借钱去找他们，他们也把门闭上。我只看到在门口摆着两双到四双擦亮的皮鞋（男的女的）。

我忍受生活的折磨，对于学音乐虽不灰心，但有时也感到迷惘和不乐。幸而教师们帮助我，鼓励我。在开音乐会演奏名曲时，多送我票。奥别多菲尔先生在一个名音乐会里演奏他的提琴独奏时，不厌我的穷拙，给我坐前排。这些给我的意外的关怀，时时促使我重新提起勇气，同时也给我扩大了眼界。我的学习自觉有很大的进步。我写了好多东西，我学习应用很复杂的技巧。

在困苦的生活的时日，祖国的消息和对祖国的怀念也催迫着我努力。

我很喜欢看法国国庆节和"贞德节"的大游行，这两个节是法国很大的节日，纪念的那天，参加的人非常拥挤。有整齐的步兵、卫队、坦克队、飞机队等。民众非常热烈地唱国歌，三色国旗飘扬，我每次都很感动。在一九三二年，东北失陷的第二年，到那些节日，我照例去看游行。但是那次群众爱护他们祖国的狂热，和法国国歌的悲壮声，猛烈地打动了我。我想到自己多难的祖国，和三年以来在巴黎受尽的种种辛酸、无助、孤单，悲忿抑郁的感情混合在一起，我两眼里不禁充满了泪水，回到店里偷偷地哭起来。在悲痛里我起了怎样去挽救祖国危亡的思念。

我那时是个工人，我参加了"国际工会"。工会里常放映些关于祖国的新闻片和一些照片。我从上面看到了祖国的大水灾，看到了流离失所、饥饿死亡的同胞；看到了黄包车（人力车）和其他劳苦工人的生活……这些情形，更加深了我的思念、隐忧、焦急。

我把我对于祖国的那些感触用音乐写下来，像我把生活中的痛楚用音乐写下来一样。我渐渐不顾内容的技巧（这是"学院派"艺术至上的特点），用来描写与诉说痛苦的人生和被压迫的祖国。我不管这高尚不高尚。在初到法国的时候，我有艺术家的所谓"慎重"，我对于一个创作要花一年的功夫来完成，或者一年写一个东西，像小提琴及钢琴合奏的《索那大》，我就花了八个月的功夫。但以后，就不是这样了。我写自以为比较成功的作品《风》的时候，正是生活逼得走投无路的时候。那时，我住在一间七层楼上的小房子里，这间房子的门窗都破了。巴黎的冬天本来比中国冷，那夜又刮大风，我没有棉被，睡也睡不成，只得点灯写作，那知，风猛烈吹进煤油灯（我安不起电灯）点着了又吹灭。我伤心极了，我打着颤，听寒风打着墙壁，穿过门窗，猛烈嘶吼。我的心也跟着猛烈撼动。一切人生的、祖国的苦辣、辛酸、不幸，都汹涌起来。我不能自己，借风述怀，写成了这个作品。以后，我又把对祖国的思念写了《游子吟》《中国古诗》和其它的作品。

我想不到《风》那么地受人欢迎，我的先生们很称赞它，旧俄的音乐家也是现在世界有名的音乐家普罗珂菲叶夫也很爱它。并且它能在巴黎播音（上面说过的《索那大》也被播音过）和公开演奏。

大概因为作品的关系和别底介绍，我侥幸得识了巴黎音乐院的大作曲家普罗·刁客（Paul Dukas）先生，他是世界三大音乐家之一（印象派）。更侥幸的是，他竟肯收我做门生。他给我各种援助，送衣服，送钱，不断的鼓励我，还派他的门生送我乐谱、香烟（我当时不抽烟没有收下），并答应准我考巴黎音乐院底高级作曲班。在这之前，一个法国的女青年作曲家，也给我很大的帮忙。她亲自弹奏过我的作品，她鼓励我不要灰心，教我学唱，学法文，经济上不时周济我（她的母亲待我也很好）。在我考巴黎音乐院的时候，她先练习了八个月的钢琴为我伴奏。

报考的那天，巴黎音乐院的门警不放我进门，因为我的衣服不相称——我穿了一套袖子长了几寸的西服——又是个"中国人"。我对门警说：我是来报考高级作曲班的。他不相信，因为中国人考初级班的也很少，而且来的多是衣冠楚楚的人。高级班，过去只有马思聪先生入过提琴班。这样就难怪他阻挡我了。正在为难，恰巧普罗·刁客先生从外面来，他攀着我的肩一同进去了。

我总算万幸考入了高级作曲班，考到了个荣誉奖。他们送给我物质的奖品时，问我要什么，我说要饭票，他们就送了我一束饭票。入学后，我专心学作曲，兼学指挥，又在"国民乐派"士苟蓝·港多隆姆学音乐理论。这时，生活上较有办法了。学校准许我在校内吃饭，刁客先生更常帮助我。不过比起别人来，我穷得多，学习时物质的需求还很难解决，譬如买书就不易，所以我几次要求政府给公费。照我的成绩及资格说来，是应得公费的，但几番请求都没有答复。学校给证明，甚至当时巴黎市长赫里欧也有证明文件都不行。我很失望。我记得有一年，有个要人到巴黎来，找我当翻译，我要求他想法给我资助去德国学军乐（那时我还未入巴黎音乐院），回来为祖国服务。我的要求没有达到目的。他那时正是对外宣传中国需要抗日，我又是要求学军乐，却还不能答应我的请求。待到我入了巴黎音乐院再遥望政府给公费，自更困难了。结果是从始到终一文公费也领不到，我在巴黎音乐院的几年生活，只靠师长和学校的帮助。

一九三五年春，我在作曲班毕了业。刁客先生逝世，我就不能再继续留在巴黎研究了。另一方面我也想急于回国，把我的力量贡献给国家。所以临行时，上面说过的那位女青年作曲家劝我再留在巴黎，我也不肯再留。为不却她的盛意，我向她说谎，说半年后就回到巴黎来。我有很多曲稿还留在她那里。另外还有许多书及稿件也关在别处一间小寓所里，因为没有钱交房租，不能去取回来，大概现在还在吧！

一九三五年初夏，我作最后一次欧洲的旅行。几年来，我把欧洲主要的许多大小国家的名城、首都都游过了。我增长了很多知识。这最后一次到伦敦的旅行，却很不顺利。登岸时英政府不准我入境，他看见我的证明文件及穷样子，以为我是到伦敦找事做的。他不相信我是旅行者。我被扣留了几个钟头，亏得能打电话到公使馆，才释放了。帝国主义对弱小民族是歧视的，英国的成见尤深。

二、回到祖国

从伦敦回来之后，我就启程回国了。

在回国的途中，我没有钱，得友人之助，坐货船。一路和回国的工人、水手一起生活，非常愉快。工人，我很合得来。其实我自己也算"半个"工人。在巴黎的近郊，我参加过华工的一个很大的晚会。那时欧阳予倩先生也在，我为工人们奏提琴，我自己也很快乐。这次回国，虽然享不到人们坐邮船那种福气。但说说笑笑，坦白真挚的生活，也很好。我们行船，经过许多地方。到非洲时，我还上岸去观光了一趟。

船到香港，喜悦和愤怒一齐起来了。喜的是一别七年的祖国已经在望，愤怒的是香港的那种建筑一律是殖民地式，连颜色也一样。以前未到欧洲不知道此种耻辱，到过了巴黎看过殖民地展览会，和亲眼看过非洲及安南等地的建筑后，这种愤怒是不能不起来了。待到香港印度巡捕故意和我们为难的时候，更加愤恨。以后到了上海，除了像在香港所得到的不快外，还加上码头工人破烂衣装的刺激，比起在巴黎影片里看到的更要使我难过。

我在上海北四川路旁的一个亭子间里会见了一别七年的母亲。她比从前苍老了许多。七年来，只靠自己养活自己，让我去追求我的理想，她那种自我牺牲的母性，使我觉得难受的很。我那时想，我要好好地服侍她，不让她再受苦了。

但是我找不到职业，我还要吃母亲的饭，以后搬了家，招收了几个学提琴的学生，算是暂时解决了生活问题。

那年秋，江北大水灾，我应了"南国社"友人之邀到南京，要去看大水灾。后因故不能成行。在南京时，跟过友人到歌女处听唱。他们一边和歌女周旋，我一边在旁记下她们的曲调和情绪。我想使我的音乐创作充满着各种被压迫的同胞的呼声，这样我才能把音乐为被压迫的祖国服务。回上海后，我的第一个回国的作品写成了，那是影片《时势英雄》的插曲《运动会歌》。

"一二·九"运动起来，上海的大、中学里有些学生和我相识，他们寒假到街头宣传和示威游行，要我写个歌，我写了个《我们要抵抗》，这是我第一个救亡歌曲（现在原稿都失掉了）。接着又写了《战歌》《救国进行曲》。这两个歌和《运动会歌》都收入百代公司唱片。因为《战歌》等的唱片销路速度，打破了百代公司的其它唱片纪录，百代公司愿意聘请我了。我也满意这个职业，因为可以大大地收些救亡歌曲。可是这满意很快被打消。《战歌》的唱片及底片被没收打毁后，百代公司的老板就不愿收救亡唱片了。我在那里，只是做做配音，做一些生意眼的工作。但这种工作耽搁我的时间不少，妨碍我的创作和发展。那时，我觉得，民族危机很深，我开始着手写《民族交响乐》（大乐曲），要有很多时间才行。另一方面，百代公司待遇的不平（有些技术很差的薪水比我多八倍）和某些同事以买办气的态度来对待我，我也很不快，因此不久我就辞职不干了。

一九三六年初，上海工部局（上海外人统治租界的政府）的音乐队，答应给我开个音乐会演奏我的作品，但筹备得差不多的时候，工部局及乐队的领袖都不答应，结果开不成了。他们是不愿意弱小民族有一样出头的表现的，何况是他们一向以为是演奏"最高尚"的音乐呢！

离开百代公司之后，我又开始了穷困的生活。虽然在百代公司里有月薪一百元的收入，但上海的应酬大，每月都不剩。还好，我还能给影片写些歌曲，有时一个歌能拿一百多元。我有了钱，除了家用外，就拿些来帮忙穷朋友，尤其是音乐界的。我对于中国的新音乐运动是热心的，我应了当时的救亡歌曲运动者的要求，义务地给他们那些干部教作曲、指挥等。我也常常到各界的歌咏队或班里去教唱。

所以这个时期虽然失业，倒也不寂寞。

不久，新华影片公司要大做生意，又聘请我做音乐部门的负责者（但不给我全权）。在这时期里我写了不少的曲，如《搬夫曲》、《夜半歌声》的插曲：《热血》《黄河之恋》等，又作了《拉犁歌》《小孤女》《潇湘夜雨》《青年进行曲》等等。这些歌曲写作的时候，已经是救国运动受到阻碍的时候，所以多是弯弯曲曲地说出心里话。我这时作曲只能寄怒号于悲鸣。但是，新华影片公司的老板渐渐投机了，他专门要收古装片，迎合低级趣味。他们要弄《新毛毛雨》，我是不能答应的。他就慢慢摆出老板的面孔强要我作《新毛毛雨》之类。他当我不知道我的曲的价值。他以为一百五十元的月薪就可把我全部的创作力买下来了。但是我是知道我的曲每个可卖出一百多元的。我知道他的算盘只要我一个月给他作三个曲，他就赚我二、三百元。对于我，这当然还不在乎，最重要的，我从事音乐事业不是为了做卖买。所以不久我又辞掉了职务。我宁可穷困，宁可分文不计地为社会服务。

我仍在上海文化界、话剧界、音乐界里为他们配曲、配音、教唱等。我以前曾写过《复活》的插曲：《茫茫的西伯利亚》《莫提起》（在南京演出）。到此时，我又给《太平天国》写插曲：《炭夫曲》《打江山》，还有《日出》里的《打桩歌》。另外写了《没有祖国的孩子》《旱灾歌》《鲁迅追悼歌》等等。又为《大雷雨》全部配音和写插曲。我都不要一个钱和报酬。

我在此时接触了许多埋头苦干的人士，他们真心的为祖国的事业来献出全部力量，也看见了许多只顾出风头的人物，也看见表面热心实际压迫人的人物。我不断地写作，我得到许多同胞的帮助、鼓励和批评，也遭受过检查、限制和排斥。我以前所想的祖国那么天真简单，现在没有了。我有时也苦闷，但愉快的时候多。

我喜欢接近学生，尤其喜欢接近工人、农民。我在工人的歌咏队里教歌，也到大场乡下去教歌，他们对我的作品表示欢迎，我从他们的喜怒里，尤其劳动的呼喊、抗争里吸收新的力量到作品里来。自然，我对他们的了解还不够，我的作品也还浅薄、不深入。可是比起在巴黎的作品充实得多。在巴黎的作品，连作风也未确定，只不过是有印象派的作风和带上中国的风味罢了。而尤其觉得高兴的，是我的作品那时已找到了一条路，吸收被压迫人们的感情。对于如何用我的力量挽救祖国危亡的问题，是有把握了。我的作品已前进了一步。我的写作和实践初步地联系起来了。

三、从上海到武汉

"八一三"抗战爆发，我参加了洪深兄领导的上海演剧第二大队，离开上海到内地宣传，经过了许多地方。最不能忘的是一九三七年冬，我们到湖北汉冶萍煤铁厂。我和他们谈话，我下到煤矿井的底层，观察工人的工作生活。他们全身脱的精光，天一亮就下去，晚上才出井。整天看不见太阳，井底空气恶劣，灯光不亮。我在那矿厂里参观了好几天，教工人们大会唱，工人们很愿意和我接近。我在矿厂里作了《起重匠》这个曲。

以后我们到了武汉。

在武汉，演剧第二大队的歌咏工作，成了推动武汉歌咏工作的中心，我每天工作十几个钟头。武汉的歌咏队到处建立，一直扩大到工厂、商店、农村。又和张曙兄合作，开过许多歌咏大会，举行过歌咏大游行，游行的时候，商店一起合唱起来。

在武汉，这时期的工作最兴奋，我作了《保卫武汉》《五一工人歌》《新中国》《祖国的孩子们》《游击军》《华北农民歌》《当兵歌》《我们的队伍向前走》等。只是对于歌曲的漫无标准的检查，监视救亡工作，甚至连"救亡"二字都不准用等等现象，很叫人不快。为了工作方便，我想到政府去工作，也许问题好商量。因此我就应军事委员会政治部第三厅之邀，到部里去工作。

但在"第三厅"里工作困难更多。外面组织的好几十个歌咏团体遭合并为一个队，又把这个队的干部分到各团体中去，这个队就领导不起来了。那些干部被分配到各团体之后，因受种种限制，不能开展工作。有些则灰了心，有个别的竟堕落了——他们受物质享受的引诱，对工作消极。还有在歌曲方面，审查、改削、限制、禁止等更严格，作曲作词的都无法发挥能力。我渐渐感到无事可做。在厅里，除了晚上教教歌，白天只坐在办公厅里无聊。一种苦闷的感觉愈升愈高。同事们也和我有同感。他们编了一首打油诗说："报报到，说说笑，看看报，胡闹胡闹，睡睡觉。"有一个胖子，每天下午必瞌睡，呼卢呼卢的鼾声震动好几间房子，我们都笑起来。这样的生活，还有什么抗战的气味呢？

还有令人更不快的事情，外面那几十个团体被解散后，另一些团体莫明其妙地成立起来了。他们不欢迎我和从前那些团体的干部到他们团体里去，不唱我的歌及许多救亡歌，并把我当作排斥的目标，这显然是闹宗派意见。我无成见，也不是为了争风头，总希望大家谅解，消除误会。但我的努力都得不到结果。他们以后把电影界、音乐方面完全包办了。我走了之后，他们又把几十个团体提出通过组织的"全国歌咏界协会"推翻，另立他们的"全国音乐界抗敌协会"。把聂耳死的那一天定做"中国音乐节"的决议也推翻，另要黄自死的那天做"中国音乐节"。这样一来，音乐歌咏界就不团结了。

我很痛苦，我和谁也并没有仇，但却被他们仇视。我的薪水虽然有百多元一月，够应酬吃饭；但精神不愉快、呆板，身体虚弱，面黄肌瘦，虽然我在此时写了《胜利的开始》《到敌人后方去》《工人抗敌歌》《反侵略进行曲》《斗争就有胜利》《空军歌》《点兵曲》《江南三月》（电影插曲）及许多军队的军歌，但写作的心情及情绪大减。

渐渐，我无法创作，我渴望一个能给我写曲的地方，即使像上海那样也好。但回上海是不可能了。

于是我想起延安，但我不知道延安是否合我的理想？在设备方面，会不会比武汉差？在没办法中，只得去试试打听打听看。

延安这个名字，我是在"八一三"国共合作后才知道的。但当时并不留意。到武汉后，常见到"抗大"、"陕公"招生的广告，又见到一些延安来的青年。但那时与其说我注意延安，倒不如说我注意他们的刻苦、朝气、热情。正当我打听延安的时候，延安鲁迅艺术学院寄来一封信，音乐系全体师生签名聘我。我问了些相识，问了是否有给我安心自由的创作环境，他们回答是有的。我又问：进了延安可否再出来？他们回答说是完全自由的！

我正在考虑去与不去的时候，鲁迅艺术学院又来了两次电报，我就抱着试探的心，起程北行。我想如果不合意时再出来。那时正是一九三八年的冬天。

四、新环境

一进入延安，许多新鲜的印象都来了。一路所看到的窑洞都是七散八离的，这里却是一排排的很整齐。那种像桥穿一样的石砌房屋也多起来了。古旧的城，一半蜿蜒在山上，在南方和华中都很难找出这样的城吧！这些印象，使我觉得延安似乎不应该是这样，延安应该美丽得多。

我下了汽车之后，当局把我招待到西北旅社（是个最上等的旅社），他们把我当作上宾看待。——几天之后，日本飞机突来轰炸，我刚走出房门要到防空壕去，炸弹已在头上丢下来了，我赶忙卧倒，炸弹就在我面前炸开，房子都被炸倒，托天之福，我险些炸死！这次危险受惊不小。他们赶快给我搬家，我就住到北门外的鲁迅艺术学院去。

我在"鲁艺"担任教音乐的课程，他们分给我一个窑洞居住。以前我以为"窑洞"又脏又偪促，空气不好，光线不够，也许就像城市贫民的地窖。但是事实全不然，空气充足，光线很够，很像个小洋房，不同的只是天花"板"（应说"土"）是穹形的。后来我更知道它有冬暖夏凉的好处。我吃到了小米饭，这饭不好吃，看来金黄可爱，像蛋炒饭，可是吃起来没有味道，粗糙，还杂着壳，我吃一碗就吃不下去了，以后吃了很久才吃惯。各方面的生活我也跟他们一样，我开始学过简单的生活。

生活是这样：一早起床，除了每天三顿饭的时间和晚饭后二小时左右的自由活动，其余都是工作和学习（我到的时候及以后，学习的空气很高）。他们似乎很忙，各人的事好像总做不完。我住在窑洞里，同事、同学常常来看我，我也到他们的窑洞里去。他们窑里布置得简单，一张桌子，一铺床，几本或几十本书和纸张笔墨之类，墙上挂些木刻或从报章上剪下来的图照，此外就没什么了。大家穿着棉布军装，留了发却不梳不理。

"鲁艺"的音乐人才，我到时不多（全中国音乐人才本来就少，所以也难怪）。他们算是全延安歌咏运动的中心，从影响上说，也许还是全国歌咏运动的中心吧。他们对新音乐建设的工作做了一些。对大众化和民族形式的努力，成绩较大。有"民歌研究会"，收集的民歌包括了全国的，陕、甘、绥远的尤多，还有少数民族（如蒙、回、藏、番、苗……）及朝鲜、安南等地的民歌土调。因为延安是全国各地直到各弱小民族（现在还有印度的）的青年"集散之地"，所以"鲁艺"的"民歌研究会"就能从那些青年的口里把歌调记下来。"鲁艺"关于世界音乐的材料有一些，外间看不到的这里也有。他们和苏联音乐界的关系密切，要得到那些材料不难，世界音乐的材料也较容易得来。我最近托延安的负责人要几千张乐谱，他答应一定能取来。所有这一些情形，对于我写曲、研究有很大的好处。只是乐器方面设备太差，全延安没有一架钢琴。除了能够携带的西乐器（如提琴、手风琴之类）外，只能数数中乐器了。我现在正在研究中乐器的特点，想利用它们的特长以补目前的缺陷。

我担任的课不多，有很多时间来写作研究。常有时间找学生来谈。学生们的进步相当快，他们生活单纯，专心学习。现在招生考试很严格，学生的基础更好。有些用功能赶过教员，因此教课的人不怎样吃力。学生们和我很好，上课时间往往要延长。有一天晚间上课，讲到深夜，本该休息，但他们说不疲倦，要我讲下去，一直讲到了天明才罢。

我对"鲁艺"的生活很容易习惯。只是开会最初不惯，我觉得开会妨碍写作。我曾经向他们表示这一点，他们没说什么。后来我才知道这是他们对问题解决的审慎态度。他们以为开会大家都发表意见，问题就考虑得较周到了。又，开会时，大家交换了意见，不同的经过争论后又相同，因此就没什么隔阂，容易团结。我对于这一点，慢慢也习惯了。

生活既安定，也无干涉和拘束，我就开始写大的东西。一九三五年开了头的《民族交响乐》，在安静的窑洞里完成了。还有《军民进行曲》《生产大合唱》《黄河大合唱》《九一八大合唱》《三八活报》……都能连续地写下来。现在还有几个大的作品未完成。

延安的人很欢迎《黄河大合唱》，已经演唱过近十次了，还愿意听。招待外面来的贵宾时也演唱。他们（贵宾）看（指挥）、听过后也感动地讲过感想，但不如延安的青年的批评那么多。延安的人喜欢新的东西，也喜欢批评。他们常对我的作品发表意见，而且有一套道理。我因之常常以他们的批评作参考，改正某些地方。但是也有些人批评时常常以过去、现在某作家作品为标准，这种稍为带有点保守性的批评，是在别的地方也不能免的。这种批评对我也有帮助，使我看见我的作品的个性，进步还是退步。

还有一种批评，给我的益处较大，那就是负责当局的关于方向的指出。譬如他们所主张的"文化战线"，那关于音乐上民族、民主、大众化、科学化的方向等，给予我对于新音乐建设的研究和实行问题上有很多的启示。

为了学习浪潮的推动，我也学习理论，最初只限于与音乐有关的东西，后来知道了这还不行，我就也来一个学习社会科学的计划。我看了一些入门书之后，觉得不至于落在人后了。但慢慢发生了兴趣，我竟发现了音乐上许多的问题过去不能解决的，在社会科学的理论上竟得到解答。且不说大的方面，如音乐与抗战、音乐与人类解放等等问题，只举出为什么工农的呼声有力、情感健康这一点。过去我以为是因为他们受苦，但这回答我自己也未满意，所以在吸收工人的呼声及情绪入作品时，显得表面化（形式化）。现在我知道，劳动者因为是被压迫者、被剥削者，他们只有摆脱这种枷锁才有出头之日，如果不然，就只有由衰弱而灭亡。所以他们的反抗就是求活，他们的呼声代表着生命，代表着生命的未来的力。还有，工人们是一贫如洗，毫无私蓄，连妻子、儿女也要变成工厂主的奴隶，在这样的生活下，他们的脑里装不进什么自私（因为私不了），所以他们的胸怀是大公的。他们反抗压迫剥削，不只是为了自己，别人也得到益处。世界上没有了人吃人，谁都过着幸福的日子；劳动者要消灭人吃人的制度来救出自己，因而也救出所有的人。这样可以知道劳动者所想的实在是最高尚的，为着大众的，正义的。他们不需要欺骗、卑鄙、自私、阴谋、猜忌、残忍等等。所以，感情是健康的。又因上述种种原因，他们最能团结自己和团结各种人民。因此他们的声音、感情就能充溢着热爱和亲切、真诚和恳挚。而至他们命定要做新世界的主人翁，把世界变成大同社会。这样，他们的气魄自然是很大的，力量自然是深厚的。——所有这一切就构成了劳动者的呼声的无限力量和情感的健康。而剥削人、压迫人的集团的音乐之所以日趋没落和充满颓废、感伤的靡靡之音，正象征着他们是不行了，人们已不再要他们乌烟瘴气的胡弄，已不再允许他们把世界推向火坑。

我的学习还很肤浅，还不能很好地应用到写作上。现在似乎比以前忙了些，我想还得好好地努力一下。

好在我的身体比前健康，我结实得多了。因为开垦种地，身体得到了锻炼，吃小米饭也香了。虽然不至于变成"皮球"（这里把长得胖胖的叫做"皮球"），但多担任些工作总是经得起的。

谢谢你对我的关心！请你别挂念我的生活。此间当局为了我的工作多了一些吧（我还兼"女大"的课），他们每月给我十五元（"女大"三元）的津贴作为优待。同事们——艺术教员一律十二元，助教六元。现在学校里生活改善，每星期有两次肉吃，两次大米饭或面吃，常餐菜多加一个汤（别的机关没有），这比起上海武汉时虽不如，但自由安定，根本不愁生计，则是在那些地方所没有的。如果比起在法国的生活，更好得多了。在法国冬

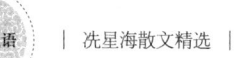

天冷得没法时,就到马路上跑步取暖,现在则在温暖的窑洞里埋头作曲。

对不起得很,说来说去都没有回答你的问题,请你特别原谅吧!

敬祝你快乐健康!

弟　星海

"鲁艺"第三期音乐系

有许多关心音乐运动的人,都承认目前有三个音乐运动的中心。这三个地方都有全国性的领导威力。他们说:在四川重庆是一个,在广西桂林又是一个,在陕西延安是第三个。关于第一第二个我不必详细介绍了,因为已经有许多报章介绍过。这里只介绍延安的一些音乐运动给全国爱好音乐的青年们,作为"鲁艺"二周年纪念的一点报告。

为什么要提到"鲁艺"?因为"鲁艺"是中共中央的文化堡垒,全西北的音乐运动都是由"鲁艺"音乐系领导着。"鲁艺"音乐系是"鲁艺"四系之一。它产生在这伟大的民族解放战争里,它是处在一个偏僻荒凉和物质条件不够充足的困难环境里。然而,"鲁艺"却一天比一天壮大起来,现在正向着巩固与扩大和向着最光明的路上走。这不能不说是二年来中共中央的爱护与领导,以及全体教职员共同努力的收获。

音乐系既然是"鲁艺"中的一部门,"鲁艺"的进步,它也必然随着轨道向前迈进。在这两年的努力,音乐系有了三期的成绩,也许就是两年来所得的经验与教训。今年二周年纪念正是我们音乐系第三期毕业之期。我们要拿第三期与过去一二期比较一下,才觉得音乐系是真的向前发展着,同时也便于此后更能发扬优良的传统，克服不良的倾向。在人数方面比较，已经证实"鲁艺"一年比一年增加，一期比一期进步。不久"鲁艺"会发展到每系有四十至五十人的数目。音乐系另设立歌咏干部班、乐队及许多研究会之类的组织。这些干部与组织都是预备把音乐运动扩大到全边区和全国的。在质量方面，第三期渐渐能够把握马列主义的理论基础，提高了每个同学的理论水平，利用了完整的技巧，发扬新音乐的理论基础，配合了民族抗战，在政治领导之下，真正的发挥了它的威力，起了它的伟大作用。在技术方面，首先我应该介绍我们音乐系这一年来的创作，已经是打破一二期，而同时又可以说打破了全国歌咏界沉闷的空气。我们首先指出的是延安的"大合唱"。这种作品产生在延安，是抗战快到三周年的音运的一个大转变。"大合唱"的产生可以说是空前的，它不但能够在延安轰动一时，而且还影响到全国，提高了文化水平，增加了抗战的热忱，进一步地增强了唤醒民众、教育民众和组织民众的工作，无疑地是现阶段的一大助力。有人说歌咏运动不像从前那样热烈与普遍了，这是一个误解。它最低限度是进展着。尤其这里的音乐系，他们正要以马列主义做他们的艺术理论基础。这无疑地是具有它的进步性，革命性，斗争性，教育性，组织性，阶级性，党派性和国际性的要素在里面。因此起了全国音乐界创作的模范作用。我们比较其他的地方就可以知道。延安的确是建立了全国新的作风新的方向。"鲁艺"音乐系不过是一个部门，但也能尽它最大努力去创造新作风，利用新旧形式，提倡大众化，民主化，民族化，科学化的前进理论。《生产运动》《黄河》《九一八》《保卫大西北》《牺盟》及《秋收突击》等大合唱的产生是有它的时代和政治意义的。

音乐系第三期的歌剧创作是惊人的,如果能发展下去,可以打破目前歌剧界的沉闷。作为中国戏剧界的先锋,已经上演过的《农村曲》《军民进行曲》《异国之秋》,已打下了基础。现在音乐系女同学们集体创作一个独幕剧名《以爱割爱》,音乐系又有四位年纪比较小的同学,他们写了一个儿童歌剧名《　　》[①],音乐系教员集体写了一个歌剧名《母权时代》,教员李焕之同志写了一个歌剧活报,助教梁玉衡、李鹰航、马可诸同志都有他们歌剧形式的大规模作品。我最近写的"三八"国际妇女节歌舞活报,以及塞克同志作词的三幕大歌剧名《滏阳河》,都是第三期创作的收获。听说同学们还在写另一新歌剧,在毕业前完成。这些成绩是他们努力的收获,是发扬了互相友爱的精神,爱护中国新兴音乐所做成的。

第三期的"指挥法",比第一第二两期都有进步。在一班当中,找不出一个不会指挥的同学,他们不但随便可以指挥任何的二三四部的曲子,而且他们会更深一层去理解曲子的组织。他们害怕有"呆笨的手和呆笨的头脑",因此他们对指挥特别努力,而且成绩特别好。

除掉文艺理论的加强,第三期的同学们,很注意建立中国新兴音乐的理论。这次他们预备在毕业前完成全系所指定的五十篇音乐论文,并且在这许多论文当中他们要负责讲演出来。这也许是别的音乐专门学校所没有的。

[①] 手稿如此

"鲁艺"音乐系是中共中央培养音乐干部的中心,每期都希望能够培养大量的音乐干部到前后方工作,以增强军队中的歌咏运动及文化娱乐。每期毕业的同学大部分分发到前方工作,这样才可以使他们理论与实践能够调和起来。

音乐系第三期成绩所以比较好的缘故,是因为这一期改为"四四"制,比一二期多了几个月。合唱团也大规模发展着,曾经在本年二月间举行过五百人表演的《黄河大合唱》,是突破全国音乐界纪录的。他们每月平均至少参加两三次晚会。这期音乐系参加或主持的晚会至少有十五六次以上,对延安各歌咏团不但给以很大影响,而且还能起模范作用。第三期的音乐实习晚会,每月预备举行两次,会后举行检讨。他们演出自己的作品,并且表演他们的指挥技能。这种晚会可以给他们实习的经验,而且使他们不少鼓励和进步。

去年七月间吕骥同志领导一批音乐干部到前方去了,去建立更广泛的歌咏运动和培养音乐干部。他们已经完成了第一期的毕业了,正预备办第二期的计划。这可以算是我们音乐系的向外发展和干部的扩大。以上都是我们第三期的许许多多的实在情形。

我们音乐工作者今后应该怎样呢?我以为了解我们的任务是最要紧的事。我们的任务是动员全国音乐界的力量,巩固音乐界的统一战线。有了这样力量才能谈到歌咏深入前后方,才能发生应有的力量。尤其是一切的进步音乐作曲家,音乐工作者,音乐教育家,没有团结的力量,我们就失去了斗争的力量。我们的任务还需要建立新兴音乐的理论与完整的技巧,使这优良的革命音乐传统能够发扬下去。我们的任务是用音乐提高抗战期中的文化娱乐水平，宣传和组织群众到前方参加抗战。

第三期在五月底结束，除了我们尽力完成我们任务之外，我们要加强与全国音乐界的联系与团结，大量的创作新兴音乐的理论和作品，尤其要大量出版新音乐丛书，加强民歌搜集与研究，加强对国际宣传，建立我们的新作风，大量地发展干部，这样才不辜负我们中共中央的领导。这也就是我们第四期开始的序曲了。

《反攻》歌曲集自序

抗战已到了第三周年，中华民族英勇儿女坚决地坚持着这艰苦的抗战，越打越强；这明显地告诉我们：最后胜利有了铁的保证；最后胜利一天天接近了我们。

然而，可恶得很，当今天抗战进入更艰苦的阶段的时候，汉奸托匪之流在那里使用着各种各样的阴谋勾当，破坏抗战，兴起妥协投降的空气，以求达到其挑拨离间、出卖祖国的目的。因此我们不能不提出反对。

歌咏是政治的反映，也是民族反抗情绪的呼声。它在抗战中起了很大的作用，为全国英勇的战士们及一切坚决抗战的同胞们所公认；那么反对妥协投降，反对汉奸卖国，配合目前政治形势，使抗战更坚决抗到底，抗到把日寇赶到鸭绿江边，这个重大的任务摆在目前，要我们歌运工作者及作者共同努力担负的。

此外，歌咏之所以在三年多的抗战当中起了极其重大的作用，是由于许许多多作家及歌运工作者的艰苦奋斗的收获；同时成长了许多优秀的作曲家，他们从艰苦奋斗环境中锻炼出来，这是一批新中国音乐的优秀建树者。然而，由于战线的延长，前方、后方、敌人后方、以至各个乡村角落的广大要求，而所产生的歌曲和干部，离应有的数量的确还有些不够，虽然有着这许许多多作曲家和歌运工作者在努力产生新的歌曲和推动歌运。

因此，对目前歌运我有如下的意见：

（一）创作大量的新歌曲（配合政治形势）。

（二）训练多量歌咏干部（提高他们的技巧和政治认识）。

（三）注重大众化、民族化的作风。

（四）建立正确的新中国的音乐理论，作为新中国音乐的指针。

这就不得不谈到一点，就是需要全国音乐家作曲家以至一切歌运工作者大家切实地团结起来，打破过去的成见，紧紧地携着手向共同的目标去努力，使建立新中国的新音乐，发育滋长起来。已往"全国歌协"曾经组织过，但可惜得很，它自诞生不到几月就夭折了！并没有收到好的影响，这是经验教训，应检讨检讨的。

许多朋友从各地寄信来谈及歌曲太缺乏，纵有也不过零碎的一些作品，因此我便把这些最近的新歌集合起来，印成本子，以应他们的需要，回答他们的渴望。

当然，这本薄薄的集子，无非是点滴的东西，决不能够满足他们的期望，所以我希望各地的同道者，能同样地刊印这样的集子，使各个战区、各个乡村都有材料可唱，配合着目前的政治形势，加强抗战力量。

这本歌集，大部分是新作，是在各个不同的地方和不同的战斗环境写出来的。最近社会认为起了全国歌咏最大作用和记录的三个作品：（一）歌剧《军民进行曲》，（二）《生产运动大合唱》，（三）《黄河大合唱》，有独立性的歌曲，也选入这集里面。

我希望以后更努力多写点新曲出来，但仍希望先进的同胞们给我多多的鼓励和帮助！

现阶段中国新音乐运动的几个问题

（一）近代中国音运发展的几个时期

（二）现阶段新音乐的几种不同的作风

（三）我们应该怎样发展中国新音乐

（四）中国音乐民族形式问题

（一）近代中国音运发展的几个时期

这是要知道现阶段新音乐的几种不同的作风，所必须了解的前提。现在把近代音运简略地叙述一下，据我个人的意见，暂时把他划分四个时期，希望以后从事整理中国音乐史的人加以修正。

第一期，大概在光绪卅年间，中国最初接近了我们邻邦日本的音乐，尤其是阿剌伯字母写的简谱，现阶段说来我们却用了简谱来写救亡歌曲去打击敌人呢。在第一期的音运，只停留在介绍阶段，学校采取了音乐，大半在女子学校的多，一般封建头脑的人，以为不过用音乐来陶情养性，惟女子及一些无出息的青年才去学音乐，这当然谈不到内容与形式，更没有什么斗争意义了。

第二期，大概在"五四运动"前后，受了康、梁的"中学为体，西学为用"的影响，在北京萧友梅创办了北大音乐传习所，

"女师大"的音乐系等，算是当时唯一的学校。他们介绍仅仅限于西乐，出刊了一些音乐杂志，并且有十数人的西洋管弦乐队的设立，但当时可惜是没有正确的理论领导，也没有什么批评的精神，更没有大众来接近他，也不是战斗的音乐。但在引起民众对音乐的注意这一点来看，也起了相当的作用。

在革命低潮的时候，黎锦晖，他代表着小资产阶级小市民的音乐出现，写作了许多备受当时社会人士欢迎的桃色的作品，如《毛毛雨》《妹妹我爱你》《特别快车》等，这些性感的、轻松的、颓废的、畸形的歌曲，麻醉了不少当时的市民。但黎氏的聪明大胆利用许多旧形式中的民谣小调，不是完全没有贡献于中国新音乐的，可惜他的私生活和环境决定了他的创作内容。但黎氏在"八一三"以后也注意于救亡歌曲了，并创作了一本歌集。这证明了艺术是一点也不能离开社会现实的。（即使你要做生意，也要注意社会的需要，购买者的胃口。）

再说到赵元任，他是当时一个最聪明和最有修养的音乐家。他的歌曲代表着小资产阶级的趣味而出现，《教我如何不想她》一曲已风行全国，他并写了许多劳动歌曲，如《劳动歌》《织布》《西洋镜》等等，虽然没有得到大众的拥护，尤其是工农分子。这是因为他只从字面上来着眼，而不从旋律与和声的问题来着手的缘故。但在当时已是新型的东西了。

第三期，聂耳，他活动在中国音运一个沉默的时代，也是中华民族处在一个灾难严重的关头。但他冲破了这大革命时代前夜的沉默。当时许多前进的作曲家工作受到约限，美国有声电影纯歌舞片的侵入，刺激中国有声电影的产生，又兼中国受到苏联十月革命成功的影响，输入了许多特新的歌曲。聂耳以最新的、革命的、斗争的姿态出现，他知道要拿音乐作斗争的武器，他利用有声电影来播送他的歌曲，用唱片，话剧插曲和歌剧来反映社会的现实。他不断地有新的作品产生，如当时最有名的《大路歌》《义勇军进行曲》《开路先锋》等，他的作品很快的被中国广大的群众，尤其是工农、士兵、青年接受了。这是新音乐的酝酿时期，这时，聂耳把握着现实及配合正确的政治方向，举起反帝反封建的旗帜向前迈进。

同时，黄自在"一·二八"前后出现了他的《旗正飘飘》和《抗敌歌》，又写了许多唯美的、抒情的歌曲，当然没有得到更广大的群众的认识，他的贡献只停留在音乐教育方面，不像聂耳时刻站在大众前面，而又代表着大众的利益。在"九一八"时还有一班新起的音乐家，如吕骥、沙梅、贺绿汀等等，尤其吕骥在聂耳死后，积极地负起了他的责任，努力提倡中国新音乐运动，使音乐配合了现实，并且培植了许多歌咏团体与人材。当时的"国防音乐""大众化音乐"，这时提出这些口号，无疑地是中国新音乐的高潮。

第四期是由"七七"到"八一三"，中国新音乐的阵容已强大起来，马思聪第一个从法国回国，接踵回国的音乐家有李惟宁、吴伯超、戴粹伦、赵梅伯、郑志声等等，担任了具有重大意义的音乐教育工作。

当"八一三"临头，大部分音乐工作者都分散到后方去，有一部分是走到最前线，领导抗战歌咏。这时期的作品，无论质与量方面，都比以前进步。

"八一三"后的中国新音乐运动，不特散播到前后方，而且在敌人后方也起了相当作用，歌咏干部的组织，音乐教育的开展，音乐杂志和刊物的增加，人材的辈出，都是近年来仅有的现象。

我们不能忘记一位埋头苦干，死于柏林的中国音乐理论家王光祈，他遗下给我们许多宝贵的著作和翻译，推进了新音运的发展，他的刻苦耐劳是我们从事新音运者的模范。在战时负起重大的音乐教育任务的，如萧友梅、李惟宁、郑志声、陈洪、任光、贺绿汀、李抱忱等；在困难环境坚持音乐界的出版，担负重大的宣传意义的如缪天瑞、李绿永、赵沨、盛家伦等；在努力训练大批歌咏干部的如吕骥、张曙、沙梅等等；还有在"八一三"后产生的新作家有孙慎、孟波、麦新、应凯、联抗、马可、舒模、何士德、王洛宾、何安东、向隅、杜矢甲、李焕之、张寒晖、周巍峙等，起了莫大的作用，中国新音运便从此更加强大起来。

（二）现阶段新音乐的几种不同的作风

许多音乐工作者都关心这一个问题，所以我们除了检讨过去，还须要把握现在，然后才能使这新音乐运动更进一步的开展。

目前音运有三个重要中心地点：一在重庆，一在桂林，一在延安。同时又产生了三种不同的作风。在重庆方面，音运已停止在沉闷的阶段。桂林方面，曾经一时的活跃，现在又改变了。延安始终是活跃的，外间称延安为"歌咏城"，我想是不为太过份。这三个地方有不同的环境与工作，但都是重要的中心，尤其在军事与文化方面占有领导全国的地位，理应互相联系，努力发展。

另外，音运的三种不同的作风，是对于新音运有利害的关系。我们要有比较，然后才能找出它们的好坏。这三种不同的作风里面，有一种颓废的，在音乐内容里面缺少了战斗性的，但为那些妥协投降的人所赞成，接受的人们不惜麻醉自己和别人。

第二种是无原则的崇拜古乐和西洋的古典音乐，一成不加改变的接受，也不想着去发展，沉溺在悲哀的作风里。这种作风对抗战是没有益处的，可以使我们民族失去自信心的。

第三种是崭新的作风，充满着新的生命和力量，这种作风散播在前线和后方，甚至最近播送到敌后方，它富有抗战到底的彻底精神，是团结的，刻苦耐劳的，对形式与内容都力求适用全民族的要求，同时也是民主的。

目前音乐的作风已比初期的口号式进步得多了。无疑地一定能够产生一些像《马赛曲》、《国际歌》那样伟大的作品，具有韧性的、浓厚的民族形式和新内容的，稳重的，雄亮的，百唱不厌的，深入内心的，感人至深的音乐。它的内容应该是新民主主义的，它的形式应该是民族的。

现阶段音乐运动的优点：

第一，全国的音乐都向着民族求得解放、自由、抗战胜利的方向迈进。这就是全国都利用了歌咏唱出时代的呼声，歌曲内容渐渐地与抗战的切实内容相符合，加强了民族战斗的决心，实践了反对日本帝国主义和国内不进步的分裂的势力的任务。

第二，发展音乐运动的刊物已渐渐地增多起来，歌唱的人比以前更多和更普遍了，尤其在前方。

第三，是大量的歌咏人才出现了，各地方都在努力培养新的歌咏领导人才和作曲者。例如在上述的三个中心，重庆方面的中央训练团歌咏队的组织等；桂林的努力儿童音乐教育；延安的"建立中国新音乐"的"鲁艺"音乐系，每年都有大批音乐工作者到前线和后方去工作。

第四，创作与理论的水平提高了，内容也充实了，超过"八一三"以前，音乐工作者已亲自到前线去工作，接受了实践的考验，写出了有实践经验的作品。

第五，现阶段的歌咏和音乐都一致表现出要求团结进步，坚持抗战，打倒卖国的汉奸，反对妥协投降，同时是努力振奋军士和民众抗战的情绪及鼓励安慰在前后方的工作者。利用音乐发挥民族的热情和勇气，喊出"中华民族不会亡"，"最后胜利是属于我们的"的歌声。

以上都是全国音乐界的现象，但不可讳言的仍存在许多缺点：

第一，是没有统一的领导。"全国音协"的领导薄弱，人才不集中，影响到协会的发展。在这种情形之下，我们更要多方帮助音协工作，取得密切的联系。

第二，是不团结的现象。因为不团结，所以没有集中全力对付敌人的力量，产生了像过去的派别或自高自大，或用势力压迫别人的非民主倾向。这种缺点不克服就是新音运的致命伤。

第三，是当局不爱护与不积极训练歌咏人才，甚至目前有禁止比较前进的歌咏的现象，甚至有不许唱某某人的歌，不许组织歌咏队，或发表抗战的歌运论文，不许登载或不许发卖救亡歌曲的不良宗派观念。

第四，是音乐不能进一步更深入地发展，更接近群众，这是许多旧作家向着纯艺术的路和向着庸俗的路，退步在所使然。

以上的缺点我们新音乐的工作者应该努力去克服它，以最大的热情和工作成绩去感动他们，说服他们。

（三）我们应该怎样发展中国新音乐

提出了这个问题，令我想到近年来上海文化界的论争，他们提出了新现实主义的文化运动，现在想起来并不会是过去历史的陈腐口号，而是与中国新音乐极有关系的，无疑地中国新音乐应该向着新现实主义去寻求他们的宝贵内容。

新现实主义是适合新的艺术发展的。"艺术不但反映了现实，而且更改造了现实"，这是高尔基的名言。现实主义是动的，发展的，从现实中发掘真理。

"现实主义不教我们忽视过去，轻视未来"，相反的正是教我们对于过去与未来要彻底认识，同时要以批判的态度去把握，用辩证法去分析它，因为在许多历史教训和经验里面都有值得我们作参考的宝贵材料，这样才能担负起达到抗战必胜建国必成的战斗任务。

现阶段新音乐走向新现实主义是有它充分的理由的。尤其是在反帝反封建和谋得民族自由解放的路途上，把握新现实主义的机动性和发展性，历史性及斗争性，做成我们的革命音乐，现实的音乐，是具有新时代的意义的。

换言之，我们发展新音乐要从它的本质和形式来着手。

新音乐的本质是什么呢？它是：

一、反帝反封建的、民族的，也即反对侵略和旧的封建残余的势力。

二、民主的，而不是专制的，提高民族自信心和自尊心的。

三、现实的，科学的，反对蒙昧无知和欺骗等等。

四、大众的，依靠群众，唤醒全国工农，反映力量、光与热和节奏，具有浓厚的大众化、通俗化，并且简单活泼的。

五、具有战斗性和建设性的，深入民间教育大众，组织大众。

六、具有党派性，阶级性，国际性，永远性，完整性，而又是实践的。它的革命性的彻底，斗争性的坚决是很明显的。

我们建立什么音乐形式？

根据以上所说应该是：

一、尽可能吸收过去的中外好的东西来服从目前抗战，以达胜利和建立新中国为目的。

二、切合全民族需要的新形式，那就是民族形式。

三、明朗的，坚决的，清楚的，简单的形式。

四、通俗的，与群众能在一起的，但反对庸俗的，同时要提高他们的文化水平。

以后我接着讲到音乐形式问题。

（四）中国音乐民族形式问题

关于这个问题我曾在《文艺战线》发表过。为着要解决现阶段中国新音乐运动的问题，这个问题我在这里有再重复提出讨论的必要。

一、民族形式为什么是必要呢？它的重要性是什么？有三个原因：

第一，是因为要解放民族，要加强抗战的决心和要争取最后的胜利。尤其现阶段的抗战已转移到广大的农村，我们的军队、民众、青年、学生大都深入农村去，战区去，后方每个角落去，连老百姓也卷入了战斗生活里。因为接近农村和老百姓的原故，所以一切的工作态度大多都改变了过去的作风，大家向着民族形式发展，这是根据历史的、环境的改变的原故。

第二，是因为提高民族自尊心，尤其是要洗刷过去帝国主义一向看不起中国的耻辱，同时必须消除我们一向不相信自己的习气。在统一战线提出后，民族形式的被重视，无疑是发扬民族的自尊心，也就是一切艺术部门不应忽略的一点。

第三，因为要达到抗战胜利和建设新中国，而民族形式是老百姓和群众生活思想的反映，我们必先把握民族形式，才能有所贡献，有所建设，不然，恐怕会停在一阶段或与其他形式混乱起来。只有利用了民族形式的新文化，才能有更多的贡献于建设新中国和达到抗战胜利的必然性。

二、什么是民族形式？

第一，我们需要认清民族形式，不要把它同旧形式混在一起。

民族形式是一种反映民族生活传统，生活的方式，形成民族特有的风格与气派的一种东西。

第二，我们应该明了内容与形式是不能分离的，有什么内容就决定什么形式，而不是形式去决定内容。这问题经过许多热烈争论，许多人都同意这种说法。

第三，我们需要明了更进一步的是内容也必需通过具体形式而存在，只是内容而没有具体形式，未免是抽象的，空虚的。

第四，是"什么内容就要求什么形式，而形式须和内容统一"，才能发生效力。

第五，民族形式既非拘束于旧形式，必须有新内容；但同时不拒绝利用旧形式而创出新形式，又不是全盘接受。根据鲁迅的话是这样的，他说："这是一种新思想（内容），由此而在探求新形式，首先提出的是旧形式的采取，这种采取的主张，正是新形式的发端，也就是旧形式的蜕变。"所谓新内容就是民族的，民主的，科学的，大众的，这里包括崭新的文化内容。如所谓民族的，即抗日的，反帝的，反抗民族压迫的，主张民族独立解放的，提倡民族自信心的，正确把握民族的实际与特点。所谓民主的，即反封建的，反专制的，反压迫人民自由的思想习惯与制度，而主张民主自由，民主政治，民主生活与民主作风。所谓科学的，即反对武断、迷信、愚昧、无知，拥护科学真理，把真理当作自己实践的指南。所谓大众的，即反对拥护少数特权者压迫大多数人，愚弄欺骗大多数人，使大多数人永远陷于黑暗与痛苦的贵族的特权的文化；而主张代表大多数人民利益的，大众的，平民的，主张文化为大众所有的，普及于大众，提高大众的。这些新内容要把它融合在新的形式里而统一起来，产生新的艺术。对民族形式，我们定要大胆尝试和利用，并且多量地创作，利用老百姓喜见乐闻和熟悉的东西，才能创作新的东西出来，而且更要不满意于一种特殊形式，多方发展是需要的。"旧瓶装新酒"我们不怎样反对，这是过渡时期必然的现象。但我们的目的是从新内容中创造出新形式，也就是巩固了民族新形式！旧形式的优点，我们非但接受，同时要批判的态度去处理，尤其要虚心研究为什么大多数的群众喜欢旧形式，找出它的原因、方法和理论与技能，使群众更容易吸收我们所提倡的。音乐的民族形式大致与各艺术部门相同，要完成音乐的民族形式，我们必须通过旧形式，利用旧形式，接收外来的进步技巧与充实新内容而进行创作。其间必须研究广博的地方语言、习惯、风俗，广泛地收集民间小调、歌谣，深刻地研究中国的音乐史，还要注意吸收西洋音乐高深的技术与理论修养。

其次是音乐大众化问题。刚才我已说过了许多，现在再说一些使大家更明了。所谓大众化的音乐，也是跟文学及其他艺术部门所提出的差不了多少。音乐大众化，它必须代表大众利益的，易懂而又易于普遍的，不但易学而又易于广泛地传播。它的中心任务是代表大众利益。洛甫先生在边区"文协"代表大会席上说过："……马克思的资本论，虽然不容易懂得，但它是代表大众的利益的，它便是大众的东西……又如《黄河大合唱》的创作，既出于完全新的创作，未必是老百姓都懂得，但是它是代表大众的利益，为大众而写的，它便是大众的音乐，它就会被大众所接受……"

大众化的音乐，必须服从政治，而不是高出政治或领导政治，许多为艺术而艺术的音乐家，到现在还没有摆脱这个思想；但是他们终会改变过来的。因为脱离了政治，他们就无从发挥现实，也失去了它的艺术价值了。

大众化的音乐，它必须为大众所接受和把握，因此要简单，同时要懂得大众的心理，我们要把音乐当作一种斗争的武器，大众拿它去打击敌人，才能产生伟大效果。目前的雄壮歌曲，不但使敌兵寒心，而且可以使他们反战，反军阀。大众音乐是抗战中的强大力量！也是抗战中大众所渴求的武器。

大众化音乐不是庸俗化，它是时时刻刻提高大众文化水平并教育和组织大众的工具。我们要给大众好的东西，真实的东西；而不是愚弄或欺骗他们。同时也要站在他们前面，领导他们，接近他们，使他们有进步，有希望，有前途，而不是保守或退步，甚至悲观，失望。

大众化音乐宜注意民歌，因为民歌是现实的、形象的、口语的、反抗的（可参考拙作《民歌与中国新兴音乐》一文），最适合大众的。要实现大众化音乐，我们必须努力研究民歌，有了民歌作基础，我们才能根据时代的需要，顺利地创作出新的东西；根据民歌，我们才可以找到许多新内容和建立民族形式。

我们怎样发扬中国音乐民族形式呢？我提出八点意见，同时请你们参考拙作《论中国音乐的民族形式》一文。

第一点，接受优良的中国音乐传统，并加以整理，批判。从民间得来的东西，都有它的特点，我们用科学方法把它分析，归类，把陈腐的放弃，而吸取它的优良部分，作我们创作的滋养料。

第二点，必须加强中国作风，中国气派，成为老百姓的东西，而不是使他们惊奇，或不关他们痛痒的东西，尤其在音乐上的歌曲。

第三点，我们可以用"同一内容在不同的客观条件或不同的对象前面，采取不同的形式"，创造多样的音乐出来，这样才能够充实民族形式。

第四点，通过民间音乐，把它发掘出来，须亲自到民间去，向民间学习，这样才能够理解得更深刻，这样才能够代表着大众的生活，习惯，喜怒哀乐，尤其是他们几千年来的痛苦，受封建及帝国主义压迫的痛苦。

第五点，改良中国古乐。因中国乐器是不够科学的，但同时又要保存中国乐器的优良成份，如乐器的音色方面。中国乐器是与世界各国不同，敲击乐器也是很可以保存和利用的。中国乐器择其音色方面与外国乐器相同的地方，可以利用他们进步的技巧，使它们能混合而产生一种特殊的音色，也就是世界的音乐。我不主张废除古乐，但也不是不改良地接受古乐。

第六点，改造与创造中国的旋律，和声，曲体形式。这就是说对中国乐制要作深刻的研究，不使中国的旋律、和声、曲体陷于单调乏味，反之使它充实活跃而废除了封建或传统的习惯，向着新鲜活泼的、简单明了的、有魄力的、雄厚的、稳重的道路走去。处理和发扬中国音乐民族形式的初步，可先用对位法，然后用和声法。调性方面可以采用固有的，同时亦可吸收最进步的。但曲体方面要创作新型的，不宜全盘西化，也不宜纯用旧形式。

第七点，是研究各地方的语言，这特别是对于创作歌剧，因中国语言繁多与复杂，形成了多样的形式与内容。地方语言是研究音乐或作家的最好参考材料，我们不但要懂得各种方言，同时要分析和利用。在语言方面尤其要注意是国语。将来民族形式的歌曲，必然要用统一的言语去唱，只有这样才能说是"全国性"。地方色彩的歌谣小调或歌剧我们要同时保存下来，不宜废弃。但对于方言的研究是发扬民族形式的重要步骤，我们不能忽视。

第八点，研究世界各国音乐的民族形式是必要的，研究他们音乐史的变迁和乐派的发展，民族音乐的发达等等，尤其是他们的乐理及前进的思想，可以帮助我们发扬本国的民族形式。我们的民族形式虽然暂时是停留在歌唱或歌剧方面，但我们在创作过程中可以用像组曲，大合唱，序曲，交响乐，交响乐诗，音诗等进步的曲体。但我们的目的是要民族形式的，我们的创作将是和他们完全不同的，而又不是完全旧形式的音乐。艾青的《大堰河》《卖艺者》《向太阳》《火把》，何其芳的《一个泥水匠的故事》，荒煤的《支那傻子》，高兰的《我的家在黑龙江》等，都可以写成我们的民族形式的新音乐来，或许是交响乐诗，音诗，或许是叙事曲等等，或许用完全新的形式写出。我不久正想做这样的尝试。我并且尝试了四个比较大规模的民族解放交响乐。我从一九三五年写到现在，完成了二个交响乐，第三、第四交响乐预备在一两年间完成，或许需要更多的时间也不定。我们应该有这样耐心去寻求，去创造新的东西出来。同时可以使我们音乐运动不限于歌咏方面，而应该广泛地发展。因为这几个交响乐是不用歌词来写的，而是全用纯音乐来表现的。如果这四个都完成的时候，在演奏时你可以听出中华民族几千年的历史，你可以感到中国伟大河山、工农、知识分子、党派及群众、斗争、灾难等情形。我用了一切所搜集的材料来写，希望能对建立中国新音乐运动，尤其是音乐民族形式有一些贡献。这四个交响乐既然是没有歌词的，也绝对不是一种模仿或描写音乐之类的音乐，它带有很深刻的乐意、诗意，是富有反抗性的、建设性的音乐。我并且利用了中国音乐的特点，像"二簧""西皮""梆子""昆曲""高腔"和各省的民歌小调，我都吸收过来，并且把它整理过，当作我的创作材料。

发扬中国民族形式，是值得我们长期研究的，这个工作正待于全国先进人士，音乐界的诸位互相研讨，去发展起来。

结论

由于全国音乐界的努力和关心，人民对音乐的热忱，关心着中国新音运的发展，可以说有无限光明的前途，有伟大的将来的。因为，中国音乐有长远悠久的历史传统，可供我们利用，有伟大的民族气魄，有丰富的宝贵的民歌小调及旧形式的参考材料和现代抗战的新颖题材，并且有无数的、优秀的、聪明的、刻苦耐劳的人才。如果认清了这是每个音乐工作者的责任，就必然地可以建立起中国新音乐。

现在广大群众需要优良的新音乐做他们的领导，提倡新音乐的人不要辜负了他们的希望，我们应该努力提高他们的情绪，满足他们的要求。

我们的抗战是接近胜利的，民族解放和建立新中国一定可以实现的。新音乐也随着发展着，像一切文艺部门也随着发展一样。

现在中国音乐界需要密切的团结，取消一切的成见或派别，采取互相帮助的态度，互相善意的批判来密切团结起来，努力于新音乐理论与创作，加强现实生活，广泛地传播任何人所写对于抗战有利的音乐或论文，扩展和巩固全国音乐界互相关联，加强全国音协的领导，集中力量去给侵略者一个打击，把他们赶出中国的土地。让我们在抗战艰苦过程中来锻炼出我们的新音乐吧！让我们更自由地歌唱新中国吧！

创作杂记

1

在巴黎的时候（从一九二九——一九三五），除了把许多时间化在学和声、对位、赋格、作曲外，在最初学习写作的时候，我写了《牧歌》（二部合唱，孙佳讯作词），《雨天的乡村》，《夜曲》，《Suite》pour piano（Op.2），《Sonata》en ré mineur pour violin et piano（Op.3）；还有《风》（Le vent）pour soprano solo, clarinet en ^{b}B et piano，《游子吟》由法译的中国古诗写成，女声三部伴唱，男声独唱，大提琴和钢琴伴奏。《风》曾在巴黎国立音乐院演奏，Paul Dukas, Maurice Ravel, Henrie Roband, Henrie Büsser还很喜欢这作品，连同《中国古诗》两首一次唱出。Mlle. Germain唱《风》，……《中国古诗》（Vieux Poème Chinoise）由一位巴黎喜歌剧男中音歌唱家表演，Mlle. Meyer钢琴伴奏。因这两首歌，我曾得到巴黎音乐院的很高学分。院长叫Henrie Büsser发给我一本饭票，因我当时生活困难，几乎死于饥饿！

我写了一些赋格。一九三五年夏天回国时，在一个免费的英国货轮上，写了几首歌曲：一、《山中》，二、《杜鹃》，以及

《Sonata》（pour violin et piano）（共四段）。在一九三七年给上海工部局乐队的一位女提琴家借去播音，因抗战我离开上海，至今这首Sonata还是否在她那里，我不得而知。这首《奏鸣曲》第一段曾在巴黎音乐院演奏过，Paul Dukas先生相当满意这首作品，在课堂当众来批评这作品，同学们对我的态度突然改变了，因法国人对黄种人尤其是中国人有点看不起，何况音乐最落后的中国呢！可惜Paul Dukas先生生前就只听过我这些作品。

《Suite》（pour violin solo）是用欧洲古典方法写成，没有中国民族气派，分四段，曾在Schola Contorum作曲班第二年时交上作为考试的作品，Guy de Lioncurt先生批评这作品是相当好的，全曲以Sarabande为最好，因此他给我八十多的学分，我就把Sarabande用弦乐四重奏的配器写成了赠送给Paul Oberdoffer（现在巴黎歌剧院的首席小提琴家）以作纪念，他曾在一个晚上，邀了三位音乐家，连同他四个人来奏这Sarabande。Paul Oberdoffer先生是我的提琴教授，曾经三四年来不收我分文学费，还给我许多精神上和物质上的帮助。有一次他亲自带我去见Louis Laloy（现在是巴黎歌剧院的书记长），用意是要他来给我找工作维持我的生活，结果Laloy使我失望。Oberdoffer的热情使我一生不能忘记，Paul Oberdoffer，Paul Dukas，Henrie Busser这三个人的相貌，时常反映在我的脑中，但我卒因生活太困苦而离开了巴黎。

……在巴黎写的作品，统统留在上海。我不知什么时候再能回到家，见到母亲和我的那些作品！

2

　　一九三五年回到上海，找到了阔别七年的老母亲！她生活在极端困苦的环境里，我心里非常难过。我本想再回巴黎从事创作，因此打消了，就同母亲过着清淡的生活，足足过了一年惨淡生活，才找到维持生活的一点微少的收入。那是在百代公司和影片公司的音乐工作。我想创作较大的作品，但因环境和生活不许可，我转到专写救亡歌曲了。

　　我为什么要写救亡歌曲呢？当时一班顽固的音乐家们常常讥笑我、轻视我，但我是一个有良心的音乐工作者，我第一要写出祖国的危难，把我的歌曲传播给全中国和全人类，提醒他们去反封建、反侵略、反帝国主义，尤其是日本帝国主义。我相信这些工作不会是没有意义的。其次，我便利用写作影片音乐维持生活。我不能不写，万一停下了笔，我的生活马上成问题，我是不要紧，年老的母亲是受不了的，为着给老人家安慰，我努力去写歌曲。我大胆地利用民族形式和中国的作风，虽然在最初我写《时势英雄》中的《工人运动会歌》是不怎样为社会了解，但我不断地写，没有一天停下我的笔！

　　我同时在一九三五年夏就开始写第一交响乐（"民族解放"交响乐），一九三七年夏才把简单的总谱完成，便在一九三七年八月二十日离开了上海，全曲还没有配器，直至一九四一年春在莫斯科才完成了总谱，因为我找不出时间。在一九三七——一九四〇中间，我不但创作，我还在国内宣传、工作、教授、组织；同时不断地写抗战救亡的歌曲（《抗战歌集》作品第四号)。

在上海时大约写了三百多首救亡歌曲,都是在短少时间写出的。

第一首救亡歌曲,应该是《五卅十一周年纪念歌》,是在一九三五年写的,那时第一次相识吕骥,他因忙不能写,就把这首歌曲交我。我在一小时内完成,就在晚上拿给施谊(词的作者,原名孙师毅),因此又与他认识。救亡歌曲当中,《流民三千万》也是写得比较早,这曲的歌词作者塞克曾找过许多作曲者去谱,没有满意,遇到了我把它谱好了,他很快慰,因此就唱出去了,但我自己还不十分满意这歌曲。

其中最流行的是《救国军歌》(塞克作词),我是在五六分钟内写成的,现在全国都唱,尤其在酝酿着抗战空气的时光唱出:"枪口对外",一致抗日。为农民守土抗战,我写了《拉犁歌》(吴永刚作词),在影片《壮志凌云》里出现,用沉郁的歌声,反映农民被压迫的情绪,歌声是带着有前途的、"向着光明努力、忍耐去奋斗的"情绪。

为着反封建我写了《夜半歌声》主题歌(田汉作词),连同《黄河之恋》《热血》三首在影片《夜半歌声》里演出,不久全国都唱着。《黄河之恋》是反帝的,《热血》是反法西斯的,尤其在意大利侵略阿比西尼亚,德意武装干涉西班牙的一九三六年。

写了无数工人的歌,《顶硬上》是一首唯一的纪念母亲的歌,词由她口述的,这歌曲在音乐会表演了许多次,群众非常欢迎。

《搬夫曲》是借滑稽片《王先生到农村去》来发动工人起来抗战的。在上海帝国主义势力之下，只有利用滑稽片才能不被人注意。现在全国到处都欢迎这首曲。张曙亲自唱《搬夫曲》，这是纪念他的声音和他的为人的一首作品，只有他在当时才能把工人的歌声唱出来。许多作曲家讥笑我作这歌曲，但我得更用心写。可惜《搬夫曲》连线谱都掉了，交了一份给左明，这位先生是不爱惜音乐的。当我在延安时遇见了他，正想在他那里收回修改，他说失去了。从此我就更小心我的笔迹和底稿，可幸是我家还存有一张唱片。

《跑关东》是一首描写叫化子讨饭的故事（塞克作词），用数来宝形式来写，敲着两面牛骨去朗诵，是当时最新的形式。演唱的李君又是东北人，更能把东北的情绪唱出，这是东北流民的呼声，东北失陷后流民的痛苦和他们的生活反映在这曲里。

《苦命人》（塞克词）也是用河北民谣写，叙述故事，反映流亡的苦闷。

《山茶花》（安娥作词）是女声独唱曲，叙述一个女工的故事，也是上海女工的写影，女工参加救亡运动的真实故事（乐谱在上海）。

《蛋民歌》是描写广州的蛋民，是一首抒情曲，女声独唱，钢琴和管弦乐伴奏，作风是在中国从来没有听过的，作曲家阿夫夏洛穆夫说"这是我的作风"，他很爱这曲。伴奏是水声，风声，令人呼吸到广州珠江的气息，可惜在唱片里李丽莲还没有把表情唱出。

为着上海发动抵制日货，我写了一首《劝用国货歌》给上海总商会,他们广泛地唱出了。

《青年进行曲》是影片的插曲,是反汉奸的片子。现在这曲影响全国青年,延安开会时,多唱此曲,词是田汉写的。

妇女救亡歌曲我也写了许多,如:《妇女进行曲》,《女工救国歌》和一些独唱。

儿童歌曲也不少,《农民曲》是我谱曲和教给新安旅行团唱的。《小孤女》电影及曲子。《谁来跟我玩》(塞克词),也是以新形式出现,内容也是新的。还有广东民歌给儿童唱的有《月光光》《鸡公仔》。

《茫茫的西伯利亚》《莫提起》是我写给上海中国舞台协会的,他们用在《复活》里当作插曲,但这两首歌曲的含意是指东北的,当时演出,租界巡捕不许台上的演唱者唱出曲里的歌词,可以想见当时的压迫情形。但群众被这两首歌曲感动,在台下叫起来(这是指在南京演出的情形,我没有参加,他们回来告诉我的)。

《船娘曲》(田汉词)写成了没有发表,是写南京玄武湖船娘的生活的,歌词写得很美丽!

在上海我写了一些抒情曲如:

《老马》(臧克家作词)用新和声、新的形式写的,是给歌唱家盛家伦作纪念。

《山中》《杜鹃》在上海修改过完成的。我把《山中》送给郎静山。《杜鹃》送给盛建颐(词作者是徐志摩)。

《断章》是卞之琳作词的,也是用多音制度含有民族形式的作风,写成赠送盛建颐。

《催眠曲》词由民歌三千首选出，给母亲作纪念的。母亲常常唱第一二两句："杨树叶儿哗啦啦……"提起这首歌，令我想起母亲的慈爱来，每次我都含着眼泪。

《大雷雨》全部的歌曲是我写的，谱还在上海。

《太平天国》插曲两首：《烧炭歌》《打江山》，我认为是不很成功的，词本身就有毛病。

在上海时的创作如此，是初期中的创作，我仍然是要努力去找中国的和声、形式、作风。人们对我表示欢迎和夸奖，但我内心却是痛苦，我真的，没有写我应写的东西，我应该怎样更努力。但反对我的、嫉忌我的也不少！我在作曲方面是还没有得到真的成功，使我时常忘记不了！

有一句话我是永远记在心头的，它是：

"别因为现在的成功，而不再求进步了。"

许多失败的作曲家，大都因为自满。

作曲的路程是远大无涯，我得忍耐专心去学习和努力。

3a

抗战歌集（作品第四号）

从一九三七年八月二十日起我离开上海，跑遍江苏、浙江、河南、湖北、陕西各地作宣传抗战的工作，我一方面写作，一方面教人唱歌，又一方面组织他们。在汉口（湖北）停留了一年，写了不下有一百多首歌曲，大部分的歌曲都是反映抗战、鼓动群众的歌曲，我的作风渐渐走向更大众化、更民族化和艺术化了。

在汉口一年间曾举行过许多歌咏音乐会、露天歌咏音乐会、星海个人作品歌咏大会、歌咏游行、火炬歌咏游行，组织了一百个以上的歌咏团体，我并且是第一个发起组织中华全国歌咏协会，虽然当时日帝国主义是继续猛攻武汉，轰炸和威胁武汉。

以下几首歌因为有历史意义，因此把它们记下：

1.《祖国的孩子们》是我为武昌学生救亡运动团体写的。我在汉口精武体育会住，一九三七年十二月二十四日起稿，现在这歌已通行全国。一九四〇年八月我在西安办事处住的时候，有一天早晨，还听见路上的大兵唱着，晚上又听闻小孩子们唱着。

2.《做棉衣》在汉口写的（一九三八年）。为发动全国后方民众接济前方士兵棉衣起见，桂涛声从山西前线回来给我这首歌词，我在很短的时间把它写成。这个歌，后来知道各地方都唱，而士兵们有时在路上排着队唱。

3.《在太行山上》一九三八年在武昌县华林政治部"第三厅"里写的，词由桂涛声作的，写成后在汉口抗战纪念宣传周歌咏大会上由张曙、林路、赵启海等唱出，听众并且大声喝采，要再唱，此后又传遍了全国，现在太行山上的游击队以它为队歌，老百姓、小孩子都会唱，到处听到"敌人从那里进攻，我们就要他在那里灭亡。"的句子！山西影片公司采用了这首歌曲做主题歌。

4.《游击军》是在汉口曾昭正家里用五分钟还不到写成的，作词者先珂是武汉大学学生，从山西打游击回来，恰巧在曾家里，我马上为他写成，晚上他乘车再去前线。

5.《起重匠》是一九三八年我随上海戏剧宣传第二队到大冶

铁厂、石灰窑等地写的，我亲自下了掘矿的最底层，亲自观察矿工的生活，并在工人口中记录了许多歌曲，因此写成这曲。一九三九年在延安把这曲填上合唱和伴奏，第一次在音乐会演出，工人们都喜形于色，有许多工人跑来我面前，要我多写这样的曲给他们唱。

6.《华北农民歌》在汉口写的，学生颇爱唱。

7.《新中国》是与作词者光未然合作的第一首歌曲，这是二部合唱的歌曲，学生非常喜欢唱，我也是最初的民族化、艺术化的作风的尝试。

8.《保卫大武汉》是在武汉危急时所写的，词作者是光未然，这曲唱遍了武汉三镇。

9.《胜利的开始》是纪念台儿庄胜利的歌曲，词作者是田汉，我只用了二小时来写，在举行庆祝台儿庄胜利的音乐会时，听众非常欢迎，并要求再唱一次。这歌曲的形式，是我第一次尝试，有朗诵、独唱、合唱等形式，带着宣传的性质，老百姓不论是工农或知识分子，听来都懂。

10.《最后的胜利》是田汉的剧本。他要我为他写主题歌，我用比较稳重的作风替他写。当这剧在汉口演出时，我曾发动全汉口的歌咏队去唱这曲。

11.《雪耻复仇歌》是我替政治部"第三厅"写的，田汉作词。

12.《空军歌》共写三首，为全国空军征求空军歌而作，据说他们已评定这三首，两首为第一名，一首为第二名，因我离汉负笈延安，此后这三曲就究竟落在何人之手，不得而知！

13.《战士哀歌》安娥词,这歌是为中国抗战牺牲的战士而写的,曾在音乐会和汉口盛大的追悼会唱过。

14.《钱亦石先生追悼歌》是纪念钱先生而作的。词由施谊写。我在汉口昭正父亲的旅馆,施谊住的房间,在晚上二时后写成,早上韵玲来拿,后来便在总商会钱先生追悼会唱出,听说到会的人都听了感动,我亲自领了海星歌咏队去唱。

15.《我们的队伍向前走》是为华北歌咏队而作的。

其他如各地的军歌、团体歌、工农歌,我写了不知多少,都是写成后他们就拿走,在前线后方唱着,我可以说没有一天是停着我的笔的。在工作上我得了一些安慰。我还为了金山导演的《最后一滴血》写《江南三月》(施谊词),因金山和国民政府的中央影片厂长郑用之有了不知什么的冲突,这部片子拍了一半就停下来!但这首歌我就赠给了韵玲作为东湖之游的纪念。

临到汉口快要撤退的时候,田汉、安娥叫我为他们写《决死队》歌剧,未写成而去了陕北。

16.《斗争就有胜利》三首:

(1)血债,(2)偷袭,(3)遗嘱,是由胡风介绍鹿地亘交来我写的。本来是大合唱,因其他几首都很难谱,我就谱了三首。除《血债》由张曙在音乐会唱出外,我从没有发表过这些作品,因为我想把其他的完成来赠给鹿地亘。但其他的歌词在一九三八年十一月(十九日)延安第一次被轰炸,我在延安城里的招待室遗失了,此后只剩了这三首。

这作品或归入作品第十一号。

3b

一九三八年十一月抵延安后写了无数小曲，大半为团体、机关、游击队的歌曲，但创作大合唱和新歌剧是中国音乐界的创举。

我一共写了四个大合唱，两个歌剧，其他的歌曲、民谣小调无数。

总结写了大概有五六百首的歌曲。

4

生产大合唱（作品第八号）

这个作品是我在延安（一九三九年三月）第一次尝试民族形式、进步技巧的作品。第一次演出是"鲁艺"周年纪念音乐会，第二次是延安青年节的野火晚会，群众很欢迎，获得相当成果。

本来是用活报形式写，加上化装的演出，在"生产大合唱的座谈会记录"里可以证明，化装的演出，还没有比纯粹唱的表演好，原因是延安舞台条件的不够，演员技巧等等有关。但这作品自演出后已深深印入每个人的脑中，指示了中国新音乐的方向和作风，尤其博得一般青年音乐工作者的爱好。

在我认为这还没有发挥我最高度的技巧和创作的水准。这不过是在很短少的时间内写成的，还待后来整理。但作品本身是在抗战期中提倡生产抗战的，在政治上对抗战有重大的意义，尤其对于全国的后方，坚持抗战到底，我们必定要努力生产。

原作是有三场，后来（一九四〇年春），塞克又交了"秋收突击"一段合唱给我，我又把它合起来共四场。

第一场的《春耕》是旧作《拉犁歌》的调子，因我和塞克都喜欢这个曲，就把它放在第一场。据延安座谈会的评议，说到《拉犁歌》的插入，有点不调和，因它的内容是沉闷的，写没有牲口的苦况，而又是在战前的农民情绪，抗战爆发后，农民虽苦，但不致如此，农民因为抗战，而感到比较愉快，感到快要解放了，理想的新中国快实现了，因此情绪是两样的。

为保持这大合唱的历史意义，我姑且把四场都保存起来，将来演出，听从导演们的决议删除或保留。

第一场："春耕"

开幕时远山朦胧，一弯晓月，像春芽一般的嫩黄，静穆地看顾着这春的山野。

山顶的斜坡上有两个人影很吃力地一锄一锄地挖地，从四面八方的山沟里，传来春耕的歌声，这歌声缭绕在树梢，在弥漫着晓雾的山顶，一阵远一阵近，它像春一样的飘忽，洋溢着无限的自由和愉快，但低沉与高昂的词句，又显示出一种异乎寻常豪迈及强大的力量，这种力量，就有如大地的主宰者张开他的巨口发出的喘息一样。

第一遍歌唱完，晓月渐渐从树梢沉落到山边，天空现出乳色的微明，在山顶锄地的两个人影，笨重地架起一块大石走下。

稍顷，一片灿烂的早霞从山顶渐渐展开，云霞的缝隙里透出一缕缕的金光炫耀夺目：这时有四个牛一样健壮的汉子拉着犁，一个五十来岁的老农扶着犁耙，在雄厚的歌声中出现在舞台上。

（下面接"春耕"的歌词）

第二场:"播种与参战"

开场时在一个风和日暖的山坡上,老农及一壮丁在前面弯腰锄地。另外有一个妇人、小女孩跟着后面播种,他们一面工作,一面愉快地唱着歌,偶而有一两声鸡啼及乌鸦叫,显得非常恬静、安适……

时间是阳历三月初,阴历二月中旬。

人物:老农(男低音)

　　　壮丁(男中音)

　　　妇女(女中音)

　　　小男孩(男高音)

　　　三小孩(女高音)打花鼓

第一次演出的时候,《二月里来》极受观众欢迎……歌唱完后……远远有锣鼓声、歌声,越来越近,先是小孩停下手,竖起耳朵细听,急忙跑到老农面前,告诉他说:"爷爷你听!"说完她又跑到远处去张望,其他的人们现出欢欣的神情,稍顷,两个小孩打着鼓,一个小孩敲铜锣,跳跃着唱歌上场,耕种的农人们先是拍手击节,渐渐不自觉地合唱起来……这就是《酸枣刺》的调子。

……小孩们唱完,有的翻筋斗,有的舞蹈,最后是一个小孩两手支在地上,另一小孩拿他的两腿,像推小车一样的姿式,咯咯地笑着、唱着、跑跳着走远了,种田的人们笑眯眯地望着他们下去的方向。

……这一场,尤其是小孩的舞蹈与唱歌,在延安多次演出都受观众的欢迎!

第三场："秋收"

是一个大合唱，分四部或五六部的合唱，是秋收愉快的情形。

第四场："丰收"

景：黎明之前，山与树林只模糊地辨出一个轮廓，农村的外边，有一个草棚，里面堆满了秋收的各种谷物，草棚前面点着一个纸灯笼，缝衣的少女沉默地坐在灯旁，低首缝衣。这幅初秋的黎明景色，衬托着一个纯朴的农村少女在这天显得特别美丽可爱，不一会，一个村妇提篮上（女中音）。

还有后来用个小孩（男高音）饰羊，三个女孩（女高音）饰鸡，两个男子饰牛（男低音）。

合唱队（数目不定）在幕后合唱。

当时延安的乐器如下：

1笛子，3提琴，3胡琴，2口琴，2三弦，1中国大鼓，1小鼓，3花鼓，1木鱼，1小铃，1大锣

指挥一人（每次由我指挥）

提示二人

舞蹈指导一人

合唱和演员都是"鲁艺"的学生，韵玲怀中已有孕，还参加演乡村少妇唱"包米面"。

练习时，曾有几次遇到警报！写这曲的时候，"鲁艺"还在北门口的旧址。

日记（节选）

一九三七年

八月二十日

第一天（从徐家汇出发到青浦）。

天已经亮了，洪深先生好像整个晚上没有睡似的。他预定四时半早起出发，但时候还没有到，他就唤醒了我们。我们从没有再偷闲和贪安似的，就不约而同一齐起来，不到半个钟头已经整备。我们就在五时左右坐"祥生"汽车三辆直驶出法租界。同行原有十三人，因田方在徐家汇赶到，就成了十四位，队员是洪深、金山、田方、王莹、星海、欧阳斐莉、白露、张季纯、金子兼、邹雷、贺路、田烈、塞声、黄治共十四人。我们向徐家汇左边的小河乘木艇去，坐这木船的人，连我们一共有五六十人。我们大家都抱着热忱向前驶去。经过中国的地界，防备十分严密。船开行两小时后，即闻空中飞机出动，恐怕是轰炸闸北和南市的日本飞机。第一轮我们看见两三只，第三轮比较减少。中国军队用机关枪射击的技术很好，知道是不能像日本这样浪费子弹的。我们的船停泊在泗泾，然后由一小汽船拖行。那只小汽船是一队要担任救护难民出境的团体，是一同去青浦的。汽船拖着我们所坐的木船去，不到几里又听闻空中有十架飞机活动，高射炮的白烟围着他们打上去！枪声震到每个人的耳鼓里。我们还喃着救亡的歌去看空战。我们沿途都太平，风浪都没有，太阳虽比较是过火一点，但更觉兴奋。我们并不顾到肚皮饿，只买点东西充饥。四时到青浦县，住在中央旅社。开三间房间，下层另有两间是男住的，上层是女住的。房租便宜。青浦生活朴素，人民很好！可是每天都有侦察机在屋上兜来兜去。虽然没有下弹，但也够使我们寒栗！

八月二十一日

（从青浦到昆山）

我们在中央旅社过了一夜，上午六时起来，食过白稀饭、油条大饼后，就预备出发。日本侦察机三架由头上飞过，并没有作什么举动。七时，我们从青浦出发，雇了一只小船，这回有廿余人同去，内中有几个生活书店的代表，也要经过苏州出发到察北去的。这只小船就在晴朗鲜明的阳光底下行进，沿途我们洗衣裳、烧饭，过着很自然的生活。沿途上又有八架日轰炸机在天空上飞翔着。它们还在我们小船上兜了一个小圈，我们以为它们一定要投弹，但不一刻钟它们就向东去了。当时我们虽然很镇定，但每个人的脸上都带着一种不统一的表情，空气顿然不同。飞机去了之后，我们依然谈笑着在船上生活。我们每个人都有任务，金山是总务，洪深先生是在总务以上的地位。洪深、王莹、张季纯、白露是通信，剧务及行李都有人管，各人都分工任事。下午到昆山，我们找得一间饭店用晚餐。饭后就听到保安队几个人说在今天早上有日本飞机八架在青阳港投弹,预备炸毁那处的铁路,结果铁路炸坏一点,难民船两只被炸,死伤一百几十人。昆山一带都有飞机在飞翔。我们八时从昆山出发,明月当空,夜景宜人。我们在船上谈笑,晚上就在船上露宿。早上七时到苏州城外。

八月二十七日

整天开会议,大概关于出发的事情。把去的路线都分出,把行李减少。下午,田汉、洪深先生领我去见张道藩先生,他住在德国医院。除了田、洪两位先生和他接谈国事后,田先生便很详细讲述我的近作《民族交响乐》,并说此交响乐分四段:第一段,叙述大中华民族的土地丰美,包含森林、矿产、沙漠、人民等应有尽有。还描写太平洋的浪声和农夫的耕作声,以影射中华广大的民族。第二段,描写被压迫者的苦痛和压迫者的放纵。内中并描写水、旱、兵及战败各种灾乱,主要的基调是铁蹄无日无时不压迫中国、侵略中国。第三段,用三种民歌式作象征海陆空三种力量。"海"是用五月的龙舟竞赛,节奏很鲜明;"空"是用九月的纸鹞象征空军;"陆"是用十二月的狮子舞,用狮的舞姿象征陆军,先是睡狮昏迷不悟,其后则怒吼振奋。第四段,是锄头舞歌,全用此歌发展,意即象征全民抗战而得胜利。述及此交响乐之后,张道藩先生极喜悦。他说:"从来没有遇到这样的中国作曲家,这样的大规模去创作。"他答应出钱给我刊出,我极快心。下午去下关买应用品。五时出发,至浦口。晚上十一时离浦口去徐州。在浦口车站前遇见了很多东北流亡学生(约有三百),形状极可怜。我们除慰问外,并问及平津事变的一切,暴日的凶残可谓至极。

九月三日

（在石桥和东贺村）

我们很早就起来，天气冷得像冬天一样。我们早餐食点米粥馒头就出发东贺村。这村离石桥八里，我们就沿途步行。跑了两个钟头才到。远远地我们听闻一群小学生（大约有一百人）唱着《义勇军进行曲》来欢迎我们。当时我感到热泪汪在两眶，我们就随着他们进去招待室。那边还有驻兵第七十八师。他们还派了一个代表来和我们谈话，他们的校长又出来招待。那种热情，是感动到每个队员的心里。十一时我们开始演《保卫祖国》《放下你的鞭子》，他们又助演了一幕，我们队员又唱了两首救亡歌曲。观众有三千多人，连同兵士也在内，他们反应热烈。台下的热情，是自我们出发以来没有见过的。二时我们就离开，我们跑了十八里路才回到中正堂。沿途见到被炸的洞窟，已拍照留念。五时在民教馆开欢送会，有徐州教育馆代表、徐州日报馆代表、民教馆代表、国民日报馆代表分头演讲。其后洪深和王莹答辞，六时半散会。当我回中正堂时，王寄舟君约我会话，他是该馆的音乐主任，中华口琴会徐州分会会长。他请我指示他们乐理和歌曲，我便一一指导他们。饭后即寝，九时许有警报，但不到五分钟已有解除的警报，我们安然地去睡。

十二月八日

二时，在冶雄体育会操场举行第一次救亡歌咏大会。到的有四五千人，节目有四十余个。雄壮的歌声已普遍全大冶县各角落。参加的团体有振德中学、"铁小"、"铁小"分校、伤兵、冶雄体育会、水泥厂小学、壮丁队。节目中以《大路歌》《打长江》《顶硬上》最受欢迎，合唱以《救国军歌》《打倒日本》《小小日本》最雄亮。

　　在石灰窑的感想给我颇深的，就是那边的铁矿、煤矿工人的生活。当我亲自到那个地方看见他们的生活的时候，我感觉到两个阶级的差别，尤其资本家对工人的压迫。铁矿工人每天从早上工作，每吨铁连拉连运只有二毛。每天最多工作三吨。每隔一天就得休息，工钱很少，但也得靠它过活，而且常常发生很多危险。煤矿工人从早上五时到晚上五时，每天十二个钟头在黑漆的煤穴里，工钱也是很微，也许比铁矿工人更苦、更危险。他们在煤矿里工作时都是裸体的，空气非常坏，饮食都很粗，我眼见他们每人每餐一块小小的豆腐，两碗很粗的饭，这一来安得不影响他们的身体和工作呢？所以每个工人的营养真十分差，好像和那资本家要分别出界限一样！我相信工人们总有一天能抬头向上的！只要整个世界改革！

一九三八年

一月三十一日

　　是旧历年的初一日。安陆县充满着过去的封建的遗习，家家都照常烧炮竹，贴红色的对联，人人面上带着新年式的笑容，——"迎新除旧"或"除旧迎新"的决心在安陆是茫无头绪似的。

两日来颇觉烦闷,不知为什么,恐怕又堕入情网里吧!不是,我不了解的,我太不了解!——甚至我只有想到音乐是我唯一的安慰。有苦闷时便埋着头去写,把整个情绪放入音乐的柔怀里——或许这样得了一点慰藉。

二月二日

救亡第二队下午在安陆演出《逃难到安陆》和《军民联合》,得到一般军民的同情。那天到会的有六七千人,情绪比较高涨。我们并且参加救亡歌咏:(一)《戏剧抗战》,(二)《打回老家去》,(三)《救国军歌》,(四)《青年进行曲》,(五)《打杀汉奸》,(六)《义勇军进行曲》,(七)《游击军歌》,颇得各军民的同情。还有坚励和一烟的口琴合奏,双楫、洪镇的双簧,洪深先生的讲演等,成了一个安陆县的伟大日子。天气是严寒得了不得,四面的风都吹倒着台上一群演戏的人了!那天士兵到会的很多,大部分是三十四师的士兵,他们站立在戏台前,听着那救亡歌声,并且他们还跟着唱《游击军歌》和《当兵歌》。坚励当时又教了一群的小孩子,围着唱《打倒日本》《小小日本》《抗战童歌》。她具有很天真的热情,不多时她把所有的小孩吸引了!他们高唱着她所教的儿童抗战歌曲,几十个小孩的眼睛都望着。她的声音很宏亮,而且她是不愿意停歇地去指导他们。她的声音从没有哑过,而且是带着很坚忍的精神去接近民众。我是第一次看见这一位能干的女士在工作。……听着她的声音总感到她是一位很聪明的、很能够引人的女士!她给我印象很深——可是她又常常的像不睬我的样子。有时我很气忿,可是不到几个钟头,我的气忿又消去了!我总是爱听她的尖利的声音,看她聪明的、闪烁的眼睛,有时我觉得她不大睬我时,我便也不愿意睬她。结果我回到家里难过,我总是因为难过而去入睡或以作曲来寻求安慰。但过了一会,再遇到她在我身旁的时候,我一切烦恼都消除了,我便很和气地和她接谈。我觉得她是可爱的……我愿常常听她的声音——她充满光明和希望,或许对一位迷醉在音乐环境里的我,更是需要。有一天我告诉她我从小就没有父亲,我家里又并不富裕,我能达到留学和大学的教育都是自己努力;还有我一位极可爱的母亲,可以使我不断地努力而忘却烦恼。但我告诉她,我更需要一位女性时常来慰藉我,我希望她能够。她能给我……可是她又常感到我有点笨的性情,但我真不了解,或许我一向是这样的性情?我在平时真连一个很平常的小女孩都不大会应付,又何况她这位聪明伶俐的人呢!——但我爱她,无论怎样……希望我的热情不因为爱情而怠慢了工作。反之,因为有了真正的爱情更应努力加倍工作,达到互相勉励的地步,彼此是快乐而无痛苦的。假如爱情是虚伪的,我宁愿没有爱情,而愿意把我一生的精力交给伟大的音乐。恐怕我因为是一个"人",而不能脱离"人"的环境和需要!

晚上连写二曲:《新时代的歌手》和《拓荒歌》,以应光未然兄的请。雪花渐渐地飘扬在门外,队员们已入睡了。我把新作的歌曲唱了数次,赶快就入睡,身体是有点难受。坚励的《坚励歌》我已为她谱了,她是很乐意地一句一句唱出来。我惭愧找不出时间专为她作一首纯音乐的素描。我想我可以写得很好的,因为她时常能够给我一个不能磨灭的印象。

二月八日

我们晚上睡在巡店的一间大庙里。这间庙不十分大,已经驻有巡查队在里面,专门报告防空消息。我们早上起来,收拾清洁已经是十时了。昨天晚上虽然寒冷,但是那个地方恐怕是巡店里最好的地方也不定。我们上午十一时半食早餐。一时开始在附近的一所戏台公演了三套话剧:(一)《九一八以后》,(二)《张家店》,(三)《逃难到巡店》。我们还有歌咏演出,大概不坏。可惜乡间的人似乎不十分懂得歌词的意义,比起来还不如《打倒日本》和《小小日本》直接易懂。当我们讲演完的时候,前面有人喊"县长来啦!"当这一句喊出来之后,有人传错了,便以为县长来是专为抽壮丁的。话没有讲完,一部分人都散开,经过解释才没有事。还有一部分人怕警报,其实当大是有警报,因为怕民众要散开,所以不发警报。其后县长亲自到我们这戏台来。我们见戏已演得有相当效果,就马上回来安陆。沿途唱着救亡的歌曲,共跑二十里。坚励回来后就病了,灼烽又患发热的病。一天的疲劳我就早点入睡。

五月十七日

那是星期日吧!我清早就从大和街85号出来,走向汉中街的第六小学,韵玲和黄冰都已起来!阳光射到每一个人的身上,她们的脸孔透过那轻柔的太阳,表现着我从来没有看过的可爱脸孔,我不能形容出来,但好像充满着纯洁的音乐一般!她们准备好就出发,过江之后我们在汉阳门集合,然后和许多歌咏队到海光农圃第二处拍戏。他们共有一百九十人,老早就到了。韵玲赶快化装,"海星"也是立即化装成乡间人了。黄冰在外边看着我们化装，我也自然地化成一个农夫，伴着一班歌咏队。韵玲还插两足在田间，黄禾是伴着她唱《江南三月》，全体也跟着金山导演的指导而唱起《江南三月》，盛家伦指挥着唱。

我们又加上江钟渊一同划船到湖中心的中正亭。晚上虽然没有十分明亮的月色，我们坐一只小船玩了四个钟头！韵玲靠近我右侧，可是她不大作声谈话，黄冰的话却讲得多而动听，钟渊依着微风把头调到船首，不久就睡着。我们谈的谈、笑的笑，不知不觉已到半夜，或许是已经一时了。我就跟金山讲把她们送去女同学们寝室住！她们两边夹着王莹和胖子坚励！不知道她睡得好不好！

我回到自己睡的地方感觉到很愉快，人生的最愉快的时候恐怕就是这样子吧，何况东湖的水又清又朗，谈话的都是很高雅的趣事！——韵玲是沉静得像月亮一般秀丽，黄冰却天真到像一个小女孩，我内心跳动得非常厉害，我尊敬她们，我也不敢乱讲话！不知怎样，我这一月来都有韵玲的印象，而且是很深刻地印在我脑袋里！我喜欢她的沉静，又喜欢她的嬉笑，她的幽默，她的圆大眼睛和修长的黑发——但可怜我始终是一个炭头，还是一个不大理解爱的傻瓜。我唾骂自己，又恨自己！但又奈何？！我常常暗暗地为自己悲伤。但想到为民族、为新音乐的前途，我却有勇气向前，我忘却自己是怎样一个人了！

十一月二十日

延安第一次大轰炸。

那是一个清早，吕班如约来，谈得很高兴，我们就开始早餐，吕班在餐后就走了！又来了一位"抗大"的朋友和我谈论作曲的事。因为我要写作，就叫他早点回"抗大"写作。回头我正想开始写我的交响乐，玲在房门口看政治常识，她说："咦！飞机来啦，真的，已经是啦！"我说："傻说，不要说笑。"后来看见西北旅社东南边房间的客人都走了，我赶快拉着玲。她可怜得很，跑是跑得快，但总赶不及我。后面就听见轰轰的响着炸弹声，我就慌忙地跳进城边的防空壕去。她刚在我后面，只听见她喊着："哟哟，我的头啊，腰啊，痛死了，我喘不过气来啊！"我知道在她后面有四五个老百姓压在她后边。我便用左手挡住她头上，使老百姓从她的上边减少压力，然后有一位同志，在前面拉她出来。她躲在我身旁，一个又黑又暗，空气是浊臭的，我头上有点昏。后来又走出防空壕，和王邦屏同志及王夫人走到对过清凉山下的解放社躲避。后来又去"鲁艺"。四时与沙可夫、吕骥、丁里、沃渣、左明等看敌机轰炸过的地方，计共轰炸的地方有南门外一带、西北旅社、旅社对过、旅社前后左右都炸得很惨。光华书局、组织部、训练班都被轰炸，计共死四十一人伤一百多人，"抗大"也死伤颇多。我们晚上就搬去"鲁艺"住，他们领我们去山上的一个旧窑洞住。他们在那轰炸之下，好像失了秩序一样，我们气也气不耐烦，就在山上的旧窑洞睡了！玲有点难过，但我还是沉默。因为在战时的生活是不免有点难过的，但我也得沉默对付环境，使我们练成有经验、有魄力的青年！

十一月二十六日

六时由"鲁艺"出发到一个距离十五里的山沟。此地风景特佳，四面皆山，我们躲在一个岩石下。不久高阳跟陈克新来谈话，后来他们又领胡考、杜刚来，一同去一个山上访问几个日本俘房。我们遇见张仲名同志（是他在这里看守的），由他领我们到他的房间坐，然后带来两位日本俘房。我们要求他们唱日本军歌和民歌，我把它记录下来！

下午张同志留我们在窑洞里食午饭，听日本俘房的歌声，仿佛感到他们的悲伤，绝对不是一个强大的国家！但他们很诚恳，非常有礼貌！我们还到过隔壁的窑洞去，还可以看见好几个俘房。他们围着打麻雀牌，那些麻雀牌都是他们自己做的，他们不慌不忙地玩着，态度很自然。有的是农工出身，有的是商人出身！

我今天写一首追悼警察队队员的歌，为一个被炸死的警察队队员。下午四时回家。关于《民族解放乐诗》，这几天想了点头绪。因为跑路跑不动，又和玲闹起来，晚上没有好好地睡。

十二月十五日

早晨写"指挥讲座"，九时徐一新同志讲六中全会报告。下午续写"指挥讲座"。

晚上与玲大吵特吵，原因是她特别强硬，没有商量的余地……饭后我觉得她态度不对，我便翻开她的日记，看到她写着心里是忧愁的字句。我便低声问她，如果有不快乐的事情可以大家商量，不必写在日记里。我并且说我也有点忧愁不乐的心事，因此就吵起来……什么话都说出来。我感觉几次跟她吵闹都是彼此个性太强的原故，或者个性彼此不调和的原故。我得了今天晚上的教训，我决意从此以后，不必有这样麻烦的事，我觉得痛苦极了，——我不能安心写作，我没有好的鼓励。

假如我老是这样的话，可以大大给我一个打击和影响我的创作，我痛苦极了。在这大时代里，我是更不应该的，我错了，我唾骂自己，我怨恨自己，——我真不是一个前进者！

痛苦啊！你给我力量去战胜它吧！我是一个懦弱者，一个纯然不知利害的作曲者。我的灵感因而消失么？啊！我或更没有勇气写下去，一切使我失望和悲痛，我虽然没有热泪洒出来，但我内心的伤痕已经破裂了，我的灵魂已刺伤了，我手发抖，我头发昏了。我恨不得一个人漂到最前线去工作，来呼吸那伟大斗争的气息吧。——我更不知人生究竟为什么要恋爱？——恋爱是痛苦吧？是的，的确是痛苦，从没有见到过所谓甜蜜收场的恋爱。

我相信没有真实的存在，还不如沉默的一生下去吧！把伟大纯洁的爱像火热一般贡献给那广大群众吧！他们不会忘记我的，他们才是亲切的人，我或许受过这些错误，更可加强力量去认识人生。一回失败，又能给我一回的苏生么！？可怜的人啊！寿命是不过数十寒暑罢了。

我悲痛极了，不能再写下去了，——我脑袋发痛了，那无泪的悲痛啊，可以永久刺伤我的灵魂。一切过去的甜蜜，像梦幻一般烟消云散了。

致董任坚的信

一

董先生：

前次由董师母带来纸币卅元已收得，感谢得很。我本想将这款项交萧先生，听从你的指导做去，无奈因学期将完，把职辞了总有点吃亏。经过思索之后，勉强和他做下去，不过每日要加倍用功才可补救，抄谱总是麻烦的，为环境上的奋斗不得不做。前月廿四号曾到府上与师母谈及，想你也许知道。这款我已存下，不料星期日为着顺从家母命令搬到与学校距离不远的拉都路住，已用了十多块，其余的还要维持家用。我打算在功课之余用尽我的力量，使家母身心安乐，所以我敢用去了这款项。这，我不能不告诉你的。

我与平常学生不同的几点想你已知，除了上课，我要设法照顾家中生活，还要左思右虑地解决经济，所以整天忙个不了。换言之，从早晨六时至晚上十一时是我的工作时间，我这样做是尽我本份去做的。因为人既有生命即有希望，我不愿安闲过日，更不能忘记你和师母这样真诚待我，令我更发奋做人，拚命用功。我是万分感谢你们的。

暑假快到，虽然你们用不着我酬报你，但我愿意替你每日工作两三小时，其余的时间，希望你能替我找这工作，令我可以维持家用，我愿已足。我愿意努力做我工作，倘若我可以把机会捉拿住的时候。想先生亦可了解我的，如何？还望指教。顺候

　　安好！

星　海
一日下午

二

董先生、师母：

　　我到巴黎将有四月了，因许多事情阻碍未能写信给你。我是经过许多奋斗才得到这里，到了我尚须继续奋斗，第一步要解决的是生活问题。这问题我已解决了，方能说到求学。侥幸我都能解决，不过艰苦罢了。巴黎从来不让苦学生工作，而我找得工作也算例外。我的月薪可供给生活费、学费，并且多少可寄些给母亲。我不能多储蓄金钱，因为大部分的钱已走进魔王似的音乐会里、歌剧院里，其余我没有别的嗜好，亦云幸矣。因此我还能保存纯洁之身，因巴黎女色迷人太甚，并且男女多尚浮奢，是一种不好的现象。我希望有再好的机会与我上进，不致半工半读。如无好机会，就停留在巴黎，我等待学得相当成绩便可回家。相信人总有希望上进的，不许失望的啊！我不希望做一个大名鼎鼎的音乐家，因经济与环境都不许我做。我只希望能领略音乐之美，尽量去研究它。所以成功与失败不关我紧要，只要我是个

忠实的信徒而已。中国人不肯把生命牺牲于音乐的进展，音乐便没有进展希望，但成千上万的中国人也曾牺牲在枪林弹雨中了，他们的牺牲是对的。而对蠢蠢的我而言，为音乐忠实到底，有哪个同情？有哪个为伍？现时我的生活极简单，少交际，游逛亦独自去。所欣幸的，于提琴上已有进步，于作曲、和声有很好的教师，于音乐领略随时可买书与赴音乐会，世界著名音乐家可随时往听，不比上海有钱都没机会听。所以一方面还觉得安慰，虽然有时免不了感受许多痛苦与烦恼。上海音乐比中国各省好，望你们常常指导我，给我多些机会明了中国乐坛之现状。我虽然不是音乐家，但对于音乐极关心。我希望上海要变成巴黎一样音乐化、一样多音乐会，给成千上万的中国人一个好欣赏与美的洗礼及高尚娱乐。上海出版的音乐书籍，我想尽量购，你能代我调查么？我是中国人，所以我极关心中国。我喜欢音乐，所以我尤其关心中国一切音乐之进展。希望你不要失我望，代我做此事。国内只有你才能知道一切，靠萧先生去改良、去调查，连他也莫明中国音乐现状的，你相信么？我住在一间酒店，有信可直寄：

  S.H.Sien

  Hotel de Senlis

  7 Malebranche

  Paris 5^e（France）

便妥，希望你们有一个快乐的假期。

星　海
七月廿一日　巴黎

致盛建颐的信

一

建颐：

我们到了青浦住一晚上，天亮就出发。我们靠着小河驶去，沿途极平安。不过有过两次日本飞机队在船上兜来兜去，虽然没有下弹，但我们总是镇静着，也许唯有镇静才能够得到慰藉。我们在船上过了一天一夜，除了在昆山停了两个钟头，就立即出发去苏州，过了一夜的船上露宿，早上我们平安地到了苏州。苏州城外和城内都太平，和上海报纸传说的两样，前天日本飞机曾轰炸过，但损失很微。假使市民闭门不出，就没有什么意外了！不像上海每天都有不停的炮声和不测的流弹！我们到了苏州打算住一两天，在木渎演戏、宣传和组织歌咏，还有看护工作，两天后就出发南京，希望也能平安抵步！

今天吴县快报说上海空前大火，烧去二十几条大街，还有日本兵已有变化，不愿和中国兵作战！这一来，日本军阀真快要走到末路了！中国国民是为着民族解放而战的，团结力和兵士的战斗精神都要比他们强得多，我想中国总会得到最后的胜利！只待时间上的判定！

你在上海平安吗？你做了很多军服的工作吗？沿途我希望多

写雄壮的歌曲给中国的兵士，并且我想在这战时的生活，采集一些生活的资料，令我更明了国民的责任和中国今日的危机。

愿珍重，顺候你们家里的人平安！

星　海
一九三七年八月二十二日　苏州

二

建颐：

明天我们要离开南京出发到郑州。在南京住了几天都是过着一种集体的生活。我们一队极其合作。十四人都像自己骨肉一样，共同生死，意志如一。在这国难期间，我们青年男女或许干这种生活是有贡献于国家的。我们并不消极，同时要宣传"我们要积极的抗敌"。唯有抗敌，然后才有胜利可说，不抵抗就是亡国失地，最近的事实可以教训我们。

我们在南京很平安，讨厌的就是每天晚上都有敌机在空中来袭击。昨天晚上一直至晨四时半忽然来了十二架！首都空防很好，给它打击得够厉害。不但把它们赶出京城，还把它们打下两架！这种为保卫国土而斗争的精神，给我很大兴趣。我觉悟到自己不但以为是一个音乐作曲者就罢了，我们得要懂得时代的动向，更要会利用自己的艺术去领导民众抗敌，才成为有效的艺术。我们要用深刻的音调来描写抗敌，来歌颂神圣的保卫国土的战争。我们要用歌声传遍都市和农村，鼓励他们忠诚抗战，用那雄壮的歌声遮盖他们的炮声！在这努力工作进行当中，是极其热闹而快乐的。虽然不辞千万里路向着前线行进！这无形中就比在家，或在上海后方所作的事都有趣，而且所得的经验是比较丰富。虽然这样，但我很想念我的母亲、我慈爱伟大的母亲。她在那六十多年的生活里，几乎是从暴敌开始侵略和欺凌中国的时候起，她都知道，她都经历过，而且她又为着养育我而过了不大安宁的生活，直到我回国二年后一向不安宁的时局，使她的生命上的波浪又添了无限忧虑，或许是苦闷也不定。但在这大时代的动乱中，我们只有把私人的生活罢论，除谋取最后民族解放的胜利来慰藉她外，别无其它方法可以使她减轻那些烦恼。可是她又像我们青年的人一样前进，居然可以给我出外工作。这些伟大的精神，我觉得虽然有些隐痛，但她是绝对想到是为民族解放前途着想的。现在我们虽然定的是四十天的行程，然后再决定，战争如果延长下去的话，我们就得要延长一两个月了。现在我诚恳地要你帮忙我一点事，那是我母亲，假使她有经济困难的问题，或精神上需要慰藉时候，我希望你帮我一点忙，尽一点朋友的责任去慰藉她，甚至以经济援助她。我想她不会要很多的款项的，只要能给她维持生活，那就给她不少的助力了。

愿你珍重，全家平安！

星海

二十七日　南京

三

建颐：

昨天上午我们十四人到了徐州了。现在住在中正堂（徐州民众教育馆边）。我们沿途都很平安。在离开南京的时候，我们在浦口的车站遇着几百个东北的流亡学生。他们都在地上坐着，面上都沉默着，并且有点愁容。我们除了上前慰藉他们，并问及平津战争。他们都说得很清楚、很悲壮似的，敌兵的残暴是的确有的，还有很多屠刀下的学生不能逃出。他们打算在京逗留，然后或作一点事、或各回乡，可惜大部分的学生的家乡已崩毁。他们很多想参加作战，或在后方作救亡工作。

我们打算在徐州七天，然后去郑州、开封。今天我已开始指导一百二十人合唱救亡歌曲。我还想组织他们一个领导班，将来可撒播各乡间工作。他们很热情、很服从。我们在集体创作里写了个十多幕的活报——《保卫祖国》，四幕话剧《米》，预备在各处公演。同时宣传防空、防毒的常识，使市民不致遇难不能自救。我们还想尽救护的责任去救人，只要有时间，我们就去做。

徐州市面很平静，商业照常。敌机没有来袭过，但空防很好，四周都充满着战争的空气。徐州人都知道我的名字。今天已经见到我的名字在报上用较大的字登出。

你在上海平安吗？如能多为祖国做点事，就用尽力去做吧！祖国是等着我们一班年青的人来服务的。我希望你的弟妹都要出来，集中力量去打走敌人。我们赶走了敌人，才有幸福可讲。假使中国这次再失败，我们真是没有脸孔去对国家了！青年就是国家的生命！你说是不是？上海的战事我在报上看到，希望中国胜利下去。

我在南京的时候由田汉、洪深先生的介绍认识了张道藩先生，我就把《民族交响乐》给他看。他说从来没有见过一位中国音乐作曲家有这样大规模的创作。他愿意给我出版，并且准备出钱请人把交响乐抄写排印，这个消息使我非常开心！我感到历来所写的曲都有望刊出之可能。

你有空可打个电话给我母亲，或许你讲广东话、或浅白的普通话，她可以听懂的。谢谢你，建颐！

祝你平安！

星　海
一九三七年八月三十日　徐州民教馆

建颐：

当我今天（三十日）写了这封信还没有寄出的时候，忽然从东边来了六架日本飞机，他们分两队来徐州轰炸。我们起初以为是汽车声，因徐州从来没有敌机飞到过。后来愈飞愈近，就在车站两面轰炸。我们在左近树下躲避起来，对过的爆炸、火焰、炮声，都看得很清楚！二十分钟后才飞去。这次死伤的老百姓有十几人。津浦路总工程师和开车的人都被炸死。敌机来，据说是汉奸通敌，因为正在那时有××师（一师人）出发到浦口。幸而没有炸到，他们都安然到浦口。有的说，那天共有十五架敌机袭南京，过镇江时给中国飞机打散了，剩了六架经过徐州，因此顺便轰炸一下。这次受虚惊不小，从今徐州就天天警备起来！昨天晚上我们在紧张空气中演出我们的《保卫祖国》《保卫卢沟桥》《九一八以后》三个剧了。徐州民众虽然走了十分之八，但到的人也有一百多位。全体观众都热烈反应，这是一个好现象，中华民族复兴的初兆，还有很多观众在台下喊口号、唱救亡歌！

星　海　又

四

建颐：

　　我们昨天离开徐州又来到河南省开封。在徐州公演了四次，两次在城市，两次在石桥和东贺村。所得的效果都很好，在东贺村演时，还有第七十八师的兵来看，一共有三千多人！救亡的歌曲都深入了乡村和兵士的队伍了！我两次流泪，那正是民众最高热情的时候！

　　昨夜十一时已到开封住下，打算明天在民众馆演剧场公演。我并且想组织一队几百人的歌咏队和二十人的领导班，因为开封学界的情绪比较高，这里壮丁和兵士也喜欢唱歌，这真是一个新时代的开始啊！开封暂时很太平，防守很严！敌机曾经来过，但还没有到城市警报已响，他们就转了方向逃走了！

　　今天我们整天休息，身体有点儿疲乏，天气又是这么样暗淡！

　　你在上海平安吗？听说公共租界和法租界都抛下了炸弹，伤人很多。如果你没有要事，我想你最好是在家里比较好。出外也得小心。今天看报，敌人派了两师团新兵来侵，希望他们的兵士不能上岸，给他们一个大大的打击！

　　便中顺候你们家里的人好！

　　愿你珍重。恕草。

星　海
九月五日　河南开封

五

建颐：

我们在开封停留了七天，又出发到洛阳。开封七天的工作，演了四天的戏，开过一次救亡歌咏大会。来听的人每天有一千多人，启发了开封的民众热情。开封的救亡歌咏运动就从那次音乐会后开展了！歌咏队学生都很可爱，临走的时候他们亲自到车站唱了一个多钟头的歌来送行！我当时感动得流了泪，感到民众的歌声伟大。我在洛阳也打算开一个民众救亡音乐大会。现在全洛阳的学校都派代表来参加，今天已替他们练习了几个歌，把他们从前的不好习惯改过来。这里的学生太规矩了，一切的唱歌表情都依着谱，并且用心去唱。这里的女学生比男生来得灵敏而且健康，所有一切都比男生好似的，真是一个新女性的地方。

我每天早上十时都去河南省政府一百六十六师教他们唱雄壮的军歌，兵士们都很兴奋来学。我从这经验学得一点兵士的性情和音乐的修养。沿途经过很雄伟的风景，河南一带的景物给我很深的印象，我想把这些来写一首乐队的音乐！这里早晚天气有点冷，中午又热起来。环境和上海差得远！你在上海怎样？我常想念你！在这里都知道上海战事的消息。我不但又想念我老母，而且最关切的就是我们的祖国。每到一个地方工作的时候，都有这种想念。

演剧的第二天，我引导全洛阳联合的歌咏队二百多人，合唱五支歌。在我领导之下他们都很齐整、很雄壮地同口唱出了救亡歌声！尤其士兵们的军乐合着歌声！我打算在"九一八"在洛阳开一个伟大的救亡歌咏音乐大会。那种歌声使你想起中国民族的呼声，为民族解放的救亡歌声！

我们大概在"九一八"离开洛阳出发去彰德，停一两天再去汉口，然后去长沙。将来的行程还没有规定，但工作已做得相当多了！

到时再写信给你吧。建颐，愿珍重！

冼星海

九月十七日

六

建颐：

我们到了汉口已经十天了，时间过得很快！我的工作一天比一作多起来，目前我已组织了几个重要的救亡歌咏团体，差不多全武汉的歌咏队的代表都包括在内。我们想在十七日晚公开演唱一切救亡的歌曲，所得的入场费尽数地捐给伤兵。在二十四日晚我希望再开一个"冼星海个人救亡歌咏音乐会"，也是为劳军而开的，现在正筹备很忙。

武汉连日阴雨，我在劳心和劳力之下先得了足疾，后来又伤风，终日感到有些不安。这两天因太阳出来，天气又转变，身体也转好了。但每天都忙！这里学生对我极端信羡和服从，真可爱极了！尤其一班初中的小同学。大概再等两星期我们或者要去长沙了，明后天会跑去武汉四乡去宣传和指导他们的歌咏。这一路的印象，实在给我太深刻，我希望我能够写出一点东西，不负这次的工作。

你在上海怎样？平安吗？有替人做救亡工作没有？有练习音

乐没有？我希望你能写一两首曲给我看。

我很怀念家乡，尤其敌机不断地轰炸广州！我更切盼得着你给我的来信，使我在旅途减少寂寞和远念。因我由上海出发到现在已整整五十多天，从没接过家里的信，假使战争延长下去较长久的话，未免不使一个游子的心情思乡啊！建颐，假使你到过我家里的话，你可否写信给我告知家里实在情形怎样。

我个人的经济情形很困难，正在挣扎中！但我决定把收入的几百元（音乐会）尽捐给伤兵，一文都不取作自己用。我在最近不去教书和作其他能生利的事业，我愿意尽力替国家宣传救亡歌咏，以振发整个民族的精神。现在只得和环境再奋斗一下，在万人热烈欢迎我之中，我感到安慰比穷困更明显和需要。

祝你努力！

星　海

十月十四日　武汉

最近写成一首《赞美新中国》的合唱曲。

致开封歌咏队的信

开封救亡歌咏队同志们：

　　昨天我们很感谢你们的热烈的歌声欢送我们，这种歌声不只打动我们，而且的确给开封的民众认识了救亡歌咏的效力。当我在车旁的一角来望着你们张口高歌的时候，我不忘记你们每一个人的脸孔，每一个人努力为民族解放而歌唱的心声。我感到两眶有了热泪，心情比平常更激动。

　　开封救亡歌咏的运动从你们展开了。从你们的歌声里，给每个不愿做亡国奴的人们一个警告，给战士们一个伟大的慰藉。希望你们的队伍生长下去，领导着全省，并且影响全国和世界一切被压迫的弱小民族。我更希望你们不只有高度热情而且要有很坚强的组织，使这组织的效力发生得很普遍而且很自然。就是在农村、工厂、兵营里面，我们都要有统一的救亡歌声。

　　昨天下午我已到洛阳，现暂住复旦中学，从今天起我又领导他们歌唱。这里歌唱的技巧不如开封，但他们的热情是跟你们一样，我想他们经过努力也可以产生强有力的救亡歌声。他们每一个学校派十五个代表来学习，从十多个学校当中，我们就有了基本的队员一百多位。

　　我们打算演五天，另定了一天是救亡歌咏的音乐大会。大概在洛阳七天就去汉口。希望能尽我们的力去唤醒民众,高声歌唱来振奋他们!

此后希望各位同志不要忘记,你们在九月十一日的救亡歌咏的纪念。这是你们的第一次开展。民众是那样的欢迎你们,时代是那样等待着你们。如果不是更加倍努力,未免太使他们失望了。又不要忘记,你们每一个人都是很勇敢的先锋,很能忍耐的战士啊!

祝你们努力!我永远不忘记你们!

弟　冼星海

九月十三日

致洛阳歌咏队的信

洛阳歌咏队的朋友们：

今天离开了洛阳，心里觉得非常难过。因为你们给我的印象太深了！直到现在我还是仿佛有你们圆圆的脸孔向着我欢送。而且你们的雄亮歌声又这么动人！我站立在车上的时候，被你们的热情和天真所感动了！使我含着泪苦笑着对着你们！虽然我的左手还不停着向你们致敬意！你们的歌声就渐渐离开了，火车也渐渐离开了！亲爱的朋友们！我怎能忘记你们呢？！你们不只打动我一个人，同我一齐开往郑州的老百姓也不得不被你们的情绪感动了。我尊敬你们，因为你们是有生气的、有灵感的青年们啊！

在这时候，我们中华民族该是复兴的时候到了。假如你们爱好雄亮的歌声，比较有兴趣的话，那么你们应该知道，她是一种新的力量、一种敏锐的武器，用她可以保护国土、唤醒民众，而且还可以粉碎敌人！我们的民族既是伟大的民族，我们毫不犹疑，他是急需那种伟大的救亡歌声来挽救的。只有民族性的壮气，才能启发整个民族的兴奋。歌声愈激昂悲壮，民族的前途就肯定是愈有光明。我很抱歉不能常和你们一块合唱，然而我是永远不会忘掉你们的，只要你们努力，我们随时随地可以有相见的机会。因为歌声传遍了整个民族之后，我们就可以用歌声来代替我们的一切慰藉,那就是我们相见的时候。

亲爱的朋友们!愿你们努力,多放开您们的歌喉吧!敌人听到就会战栗和害怕的。我们要高唱"敌人从那里来,把他打回那里去"还要再唱"把欺我们的赶出去,把爱我们的团结一起"(《运动会歌》)。

再会吧!亲爱的朋友们。我希望一个月后再来洛阳,我们大家同唱一曲凯旋之歌。

祝您们努力!

冼星海
九月二十八日　郑州

致母亲的信

妈妈：

　　上海"八一三"的炮声使整个中华民族有血气的民众觉悟了、团结了！从此以后，国土四周围都布满着敌人的火焰，每个中国人都免不掉危险。六年前的三千万流民的印象当我还没有忘记的时候，如今又遭遇到更大的浩劫、更残忍的屠杀了。在这关头，我们每一个中华民族的国民再没有第二句话："只有保卫国土来参加这伟大而神圣的战争！"我们并不赞颂战争，可是没有战争或许就不能发现人类的真理；没有战争就失掉自由和博爱的存在！

　　亲爱的妈妈，我是在上海开火后五天离开那素称安逸的上海的，沿一条弯曲的苏州河向前进。一路上也都是四处炮声，头上也都是敌机盘旋。同行十四人一样地不顾一切向前，为着踏上一条大路，竟没有顾到目前所坐的是一只拖粪小船的臭味和肚里的饥饿。但，妈妈，你得明白我们并不是逃难，我们十四个都是救亡的勇士。虽然还没有实现我们预期的愿望，可是我们每一个人都明了自己对国家应负的责任。从出发到今天已经是整整四个多月了，一百多天的旅程，一百多天的过去，国土又不知沦陷多少，同胞又不知被屠杀多少？！但我们并不悲观，也许我们失去了的土地会被炸成一片焦土，但到最后胜利在我们手里的时候，我们还可以收复已失的土地，更可以重建一切新的建筑、新的社会。伟大的先驱告诉我们："没有破坏便没有建设。"只有赶走了敌人才是我们唯一的出路！

现在我已到武汉了，并且不久又快去重庆。在这无一定的飘流生活，虽然也为着国家作救亡工作，但遇到像今天晚上的漫漫的黑夜，那凄凉冰冷的四周，我好像耳边有无数的失去了儿子的母亲和失去了母亲的儿子在哀诉。那不能告诉人的潜伏般的音乐，很沉重地打动我，使我不能不又想起了我唯一的你——妈妈。我想在每一个母亲想念着她自己的儿子出发为国宣劳的时候，或许会更恳切些吧！是的，或许会更恳切的！因此，我半夜没有酣睡。但想念着国家的前途和自己应负的责任，我又好像不得不要暂时忘记你了，忘记一切留恋。但我并不是忘记了你伟大的慈爱和过去五十多年的虔养和飘零生活，我更不是忍心地来抛弃你走去千百万里的长程。可是我明了我自己的责任，明了中华民族谋自由、独立解放的急切。我是一个音乐工作者，我愿意担起音乐在抗战中伟大的任务，希望把宏亮的歌声震动那被压迫的民族，慰藉那负伤的英勇战士，团结起那一切苦难的人们。但，妈妈，我常感到自己能力的薄弱和自己实际生活的缺乏，虽然有时站立在整千整万的民众面前，领导着他们高歌，但有时我总有战栗，因为我往往不能克制自己的情绪又想念到遥远的妈妈了！可是当我每到一个地方的时候都被那民众歌咏的情感征服我，令我不特忘记了自己，忘记了你，而且又更加紧我的工作。和他们更接近，更使我感觉自己的情绪已移向到民众了。我不时在妈妈面前说过，我不是一个自私自利、自高自大的音乐家，我要做个生在社会当中的一个救亡伙伴，而且永远地要从社会的底层学习。过去二十多年的流浪生活，就指示了我一个实生活的经验是超越了学校的功课的。我常常感到民众的力量最伟大，民众对音乐的需要，尤其在战时，那使我不能不忍痛地离开你而站立在民众当中。他们热烈地爱着我，而我也热烈地爱护他们。

自我离开上海后，妈妈必定感到很寂寞，为的并没有亲近的人在你身旁，连可靠的亲友也逃避到香港了。但我很希望妈妈放心，这次抗战是必定得到胜利的，只要能长期抵抗下去。但在英勇的抗战当中，我们得要忍耐，把最伟大的爱来贡献国家，把最宝贵的时光和精神都要化在民族的斗争里，然后国家才能战胜。所以在争取民族解放的国家当中，我们更需要伟大的母性的爱来培植许许多多的爱国男儿——上前线去，或在后方担任工作。这样才能够发展到每个人对国家的爱最急切。妈妈！我更有一件事情可以安慰你的，就是现在我已开始写《中国兵》了。这作品是继《民族交响乐》之后的，是纯用音乐来描写中国士兵抗战的英勇，保卫国土的决心。那伟大士兵的抗战精神，已打动每一个父母的心。在《中国兵》作品当中，我们可以听到每一个不怕死的士兵在向前冲。每一个做妈妈的都能够忍痛地抛弃私爱，来贡献她们唯一的儿子出征。《中国兵》的写作就是根据爱的立场，偏重爱民族的伟大任务。我也曾和伤兵们谈话，我也听过很多士兵冲锋和游击军的故事。可是我还得亲历其境，并且要参加作战，才能更明了中国兵的伟大。我除写作之外，我还想走遍各后方，作救亡歌咏宣传运动。

在武汉七天后，我们预备去重庆各处担任后方宣传工作。我想在这远程的旅途中，我可以受很多社会的启示，得许多作曲的材料。我虽然常时地要想起妈妈，但理智会克服我，而且我自己知道在这动乱的大时代里，没有一个被侵略的人民不是存着至死不屈的精神。如果将来中国打胜仗以后，那一切的母亲们和儿子们都能有团叙的一天。国家如果被敌人亡了的话，即使侥幸保存性命，但在贪生怕死的生活和不纯洁的灵魂的痛苦中，比一切肉体的痛苦更甚。为着中华民族的生存，我希望一切的母亲们和儿子们都勇敢地向前。中华民族解放的胜利，就是要每一个国民贡献他们的纯洁的爱给国家，同心合力在民族斗争里产生一个新中国。

别了，亲爱的妈妈！祖国的孩子们正在争取不愿做没有祖国的孩子的耻辱，让那青春的战斗的力量支持那有数千年文化的祖国。我们在祖国养育之下正如在母胎哺养恩赐一样，为着要生存，我们就得一齐努力，去保卫那比自己母亲更伟大的祖国。

妈妈看了这封信以后，我想，在您的皱纹的脸上也许会漾出一丝安慰的微笑吧。

再见了，孩子在征途中永远祝福着您！

星　海
一九三七年十二月三十一日

致钱韵玲的信

一

韵玲：

　　我昨天回去内心非常痛苦，我一直不作声地跑了几步，就坐人力车往江汉关去。当时我喊不出一声来，你在车上经过喊我"再会"时，正当我想一个问题。但我记得你这样的诚恳和天真，我想跟着你一同到你家里，但不知不觉车夫把我拉过了江汉路！回到厅里来，我打电话给你，但门房说你已出去，因此我回去就洗澡和继续作曲。作了不到一首，因为发觉蚊子骚扰得太厉害，我就搁笔休息。我睡不着，因为我感觉一天花在市商会是不值得的。我们尽责，但我们也想到几十个人的时光，所以我非常难过！我很佩服你，你在娱乐的时间不去，来参加这有价值的追悼会，我们不特追念李故师长，即使一个无名的士卒我们也要为他追悼，因为同在战壕里奋斗的人都是值得我们致敬的。最近你和我讲的话，使我感到你的前途是很光明的，我对你的尊敬，虽然不在外表，但我内心却无时无刻不注意。

　　今天是"五卅"，我仍希望你能从今天起继续钢琴的练习，这是可以提高个人音乐技术的，不使它停留，而且可以帮助抗战。请你记着我这句话,对于你和国家都有贡献。我想今天或明天我马上跟你去租琴,我想你会满意的,但我希望你能拨出一点时间去学点音乐,看点书,不要化很多时间去教课。假使有难的问题,我可以为你解答的,绝不令你失望。

我不久送你几首很动人的抒情曲。我现在正创作大套的乐曲,我接受人们的批评,我要更努力去创造,我写曲并不是属自己而是属大家的,所以没有"自我"的存在。

过了一两天我会来找你,或者三四天也不定,因为要等薪俸和稿费的原故。我要约几个人一同去玩玩,那时我可以请客,如果稿费多的话我想买点东西送你。我不知道怎样的我非这样做不可,或许你给我很大的慰藉。

顺候阿姨好!

星　海

五·卅,一九三八　武昌昙华林

二

玲:

前几天我写的信到现在还没有发出,因为西安连日下了大雨,没有车上延安。

我在这里还好,我们没有离开这里,大概可以不必去重庆,还是依原来计划走。目前环境是不怎样好,因此就改变了几次计划。我想不久就可以顺利地到达目的地。

你和妮娜怎样?身体好么?念念。现在天气变幻莫测,起居饮食必须小心,尤其是水果,妮娜可以饮一点果汁之类东西,给她多饮暖和的水或糖水，每天也给她一点盐水，青菜、红葡萄、桔子对她是有益的，可给她多吃。隔天给她洗澡换衣裳，每天使她有十数小时睡眠。在她睡眠时间，你可以自修或上课或工作，利用宝贵的时间去增强自己的学问，至紧至紧。

我在西安看见了《新音乐》第五期，我想你不久就可以看见，里面有我的《生产大合唱》第二幕、《九一八大合唱》的"序"，但第六期我还没有看到！在西安我又看到黄河出版社出版两本歌集，名《抗战歌曲集》，内有我许多歌，还有"鲁艺"的许多歌。我的《春耕大合唱》（旧《拉犁歌》）、《黄河大合唱》全部都编在里面。现在全国都风行着这一个《黄河大合唱》，我想以后要把原稿保存得很好。不然，外间的音乐商人又乘机做他们的生意。目前印行《黄河大合唱》的书店恐怕有几十家，未免使生活书店太难过了。《音乐季刊》最近在上海印出五线谱的《黄河大合唱》，上海非常欢迎。你有空要替我留心关于我的一切消息，尤其在各报上和音乐杂志的批评，因为继《新音乐》而出的还有许多新的音乐杂志及其他艺术杂志。

听说茅盾已在"鲁艺"工作，是否？我走后延安歌咏情形怎样？我的歌曲是否还照样流行着？他们对于我的印象怎样？你必须告诉我，使我更努力向前。

你写了曲没有？画过多少幅画？笔记有没有写？念念。最近看什么书？有两本书你一定要买的，（一）《论共产党》、（二）《唯物史观》，你看完之后再看《辩证法唯物论教程》，好吗？

祝你努力，保重！

海又及

三

韵玲：

因他们往延安之便，我托人带这信给你。前星期寄你的信，想必收到，我是等着你的复信！你近来好吗？身体好吗？你在"鲁艺"，还是在"女大"呢？妮娜怎样？她开始食稀饭没有？除饮奶以外，她可以多食汤水和稀饭，或西红柿、红萝卜、洋芋都是很好的滋养品。上次我托人带上给你的饼干、奶瓶等东西，你收到没有？最好你能设法回我信，交统战部或组织部转都可以。你近来看些什么书？你感到寂寞吗？你开始工作没有？有余闲时你可多看《中国文化》《解放》及《联共党史》《论共产党》这类的书，是可以帮助你的。《唯物史观》这本书非常好，你可买一本或借一本去读，并且要慢慢地读，同时又要做笔记。你每天有没有记日记？我想写日记是可以帮助你生活上进，同时可以给你以后许多回忆。我因离延安，如果你仍继续写日记，间接也可以助我知道延安的动况和你的生活及学习的进展，因此你不要忘记时常写日记。关于文桢、阿黄来延是很好的事，你有空可顺便去拜访□□同志一次，请求他快点设法使他们能平安到延安学习。康生同志处要时常记得去和他接近。妇女工作，无论大小你要尽力参加，如此，才能使你有进步。对一切人都要和气和谦卑，并且要虚心，以前我和你都没有做好。我们现在的确要好好地做人、好好地做事和不断地学习，因为我们是有责任去干一番事业的，有一分力就要尽一分力量去干。对于图画你不要放弃，尤其美术运动你要参加。音乐一门也要时常接近，希望你仍然有热情去写儿童歌曲，因为儿童歌曲是极需要的。你不断地去写，我会不断地去替你修改和给你鼓励。不过一切学习都先以政治课为基础，尤其是要热心于马列主义，不要嫌它乏味。假如你不弄通马列主义，你的艺术造就是有限的，请你接受我的忠实话。我日常生活还好，我大概很快就要离开这里进行工作。我每天都打球、洗冷水浴，身体比在延安时好些，并且看过不少政治和文艺的书。因为整天都有时间看书，可惜不能写笔记！这里天天有三四次警报，但飞机很少来空袭。这里天气太热，日间不能午睡，又不能看书，每日总有一两小时难受，不如延安窑洞好。李华的儿子快要学走了，他已经一岁零几天，妮娜可教她学走（如果不过早的话）。不要给她受暑，也不要使她过于晒太阳。清早给她呼吸新鲜空气，傍晚带她出窑洞玩，给她再弄一些玩具。遇到塞克时，请代问候，不然他会怪我无情！音乐系教职员也要这样。你每月都要食些鸡汤或其他补品，因为有小孩子是需要的。没有钱的时候请告诉我，现在"鲁艺"不知给你多少津贴？你是否一个人住一个窑洞？要不要请一个女孩子看妮娜？总政治部有没有替你去找？妮娜是否交去托儿所？你是否愿意在图书馆工作？你不要忘记自觉地去接近共产主义，我希望你早些解决组织问题。你如果有什么事情不能解决，可向周扬处报告，不要闷在心里。我希望你比我更努力，每天有计划地学习和看书，不要一天为着妮娜。我愈爱护你和妮娜，我愈关心你的一切，我想你不会怪我的。我们如果不断求努力和上进，我们就是前进的人物，不然就会落伍。现代潮流是无情的，我们要认真认识现实。关于"鲁艺"近况,我想知道一些!!你可赶快告诉我,尤其二周年纪念和最近音乐系的近况。

  我写得太长了,过几天再给你写,请你保存我的信件,将来是有用的。

海
六月十四日(一九四〇)

致前哨将士书

忠勇的前哨将士们：

当这第三期的抗战中，我们更感到你们的忠勇，你们已经表示给我们，你们已经胜利！你们已经告诉我，唯有斗争才有胜利！我们听到你们的捷报，家家户户都感动。他们还唱着你们的抗战歌曲。

我们虽然在后方，但我们和你们一样是有父、母、妻子、儿女的人，一样是爱国的。我们恨不能立刻有机会去前线，跟敌人拚命。虽然这样，我们不敢辜负了你们的努力，我们应该把我们的能力拿出来！比方我们是专长于音乐的，我们就用音乐来报効国命，使抗战歌声传遍战地和都市农村。我们还可以用音乐来描写抗战，来发扬民族情绪，更可以把你们忠勇的抗战史实播送到世界各国。使他们听闻了音乐就明了你们，同情你们，给你们一个共鸣！我愿意和你们通信和结成一个很好的朋友。假使音乐能够在你们忠勇的将士们发生效果，那就是我们一群音乐工作者的微小贡献。我们用音乐、用歌咏去替你们战斗！去替你们宣传！去替你们慰藉！你们不会打败的，因为你们可以听闻祖国的雄亮的歌声，为正义而斗争的歌声！

愿我们尽情的唱吧，胜利就在明天！

冼星海

一九三八年九月九日

致常任侠的信

任侠兄：

许久以前曾接到你来信和《亚细亚之黎明》，我即发动几位同志来讨论，预备在"九一八"演出。后经过他们决议，认为你的大作有点太长，而且"九一八"上演的期间又迫近，因此停顿下去，就写了一个《九一八大合唱》。这个大合唱在"九一八"演出成功了，但你的大作还搁在我书台上，我相当的对你不住。但是你也许要知道这里是民主的，一切都要经过讨论和集体的批判，你的大作里面的军歌，他们认为很好的。前几个月他们想叫我写一个《打到鸭绿江边》，除掉开始和最后一个曲子之外，其余都是你的歌词，后来又因时间不许可，我又没有握笔去写，直至昨天我从边区文协代表大会归来，看见你的信，你以为《亚细亚之黎明》已上演，我真抱歉，因此我向你再加解释，我希望你能写一点短的一幕歌剧给我们，这里物质条件艰苦，你可以原谅我们还没有替你的大作实现出来。你现在环境太好了、望你把戏剧史早日写成，赠我一份，尤其关于中国古代的音乐舞蹈。我在这里任教，没有什么特别成绩，我们只要记着这抗战期间，每个文化人都要守着他自己的岗位，替国家民族贡献他们最大的力量，望时赐教为荷。致敬礼！

弟　冼星海

一月十五日

再者，我已有了一个女孩，已经五个月了。

致李凌的信

一

连兄：

收到了你好几封信，知道你渴望着我回音，事实上我不是懒，原因是太忙了。最近我又病了一个多星期，今天才回你最近的一封信。我很同意你的苦干。关于月刊我没有问题，季刊主编我对沙梅是没有意见，不过编辑人不宜太多，编辑委员好似过多了一点，请你考虑。我和梁、二李等谈及过你的月、季刊事，愿多联系，达到出版目的。这里"音协"想出版歌曲集，因经济无着还没有实现。我已叫焕之替我抄写《血债》《遗嘱》给你的季刊，不久可抄好，以后我想寄《莫提起》《起重匠》等歌（连伴奏）给你。关于音乐概论、音乐运动史、指挥法及特别讲座，我不久就可以寄给你了。讲座有两篇已完成：1.《论中国音乐的民族形式》，2.《民歌与中国新兴音乐》。我还有一篇最近在边区文协代表大会报告的文章，也想交你处印出。

以后我想多写点理论文章给你发表，现在我正创作《第二交响乐》和鲁迅的《阿Q正传》……顺候

撰安！

海　复
一九四〇年二月二日

二

××兄：

最近我写了"三八"妇女大合唱（萧三作歌词），又写了一个生产大合唱的第三段"秋收突击"，这是以前杜矢甲同志写过的，现已改写了歌词由我谱曲。

前两天还写了一个《牺盟大合唱》（为山西"决死队"而写的），今明天还要写一个较大较动人的歌剧预备在"鲁艺"二周年演出，这是由塞克同志作词的三幕大歌剧，剧名《滏阳河》。其他的小歌曲我也写了不少，其中比较流行的是（1）《麦子青》，（2）《梁红玉》（用新的民族形式写），（3）《冻结的河》。

我想最近把一些讲座和文章寄你。

《文战》上的《论中国音乐的民族形式》及最近在《中国文化》发表的《民歌与中国新兴音乐》，另外还有在边区"文协"报告的《边区音乐》，其他还写了许多，你可以参考或转载。

苏联《国际文学》发表了一篇关于我的介绍，那里可以看到关于我的更多的材料。

现在需要各式各样的音乐刊物，请你努力开展。

新兴音乐是要建立在音乐界统一战线里，同时互相了解、互相帮助才能完成我们新音乐运动的任务。老实说，现在中国音乐刊物还太少，中国音乐界还没有团结得更坚固。我们一定要团结一切进步的音乐家，才能产生伟大的力量。这个工作，过去我是做得很不够。

在你编的刊物上，应该增加一点国内音乐家的生活消息。

最近一个月，我要完成《民族解放交响乐》第二部及《中国工农组曲》（共三十多首），还有《阿Q正传》也想在今年完成，你们那刊物有法登下吗？因为都是管弦乐的曲子呢！

此外我还想写一点军乐曲（纯音乐的）。

有两件事好像一定要你做到：

1.把刊物增强起来，加添一些批评文章、作品介绍文章。

2.关于旧的民歌，也要介绍一下。

冼星海

致格里艾尔的信

尊敬的苏联作曲家P.M.格里艾尔：

在重病中接到您的来信，它给我带来这样大的欢乐和希望，使我几乎忘记自己已卧病近五个月了。

读了来自像您这样一位伟大和天才的苏联作曲家的信，我感到非常自豪。在我的童年学习音乐的时候就知道您的音乐，并被它所感动。后来我进一步了解您的作品，知道您爱好东方民族的音乐，并曾给那里的作曲家们以无可估量的帮助。凡是我到的地方，都能听到您的音乐，看到您的相片。我曾得到您为布列亚特蒙古自治共和国写的交响诗《英雄进行曲》的总谱，也熟悉您的舞剧《红罂粟花》和为中国民歌配置的和声。

我为建立中国的新音乐奋斗了多年，这种音乐必须真实地表现人民的心灵和具有新的形式、新的和声。我是一个很不幸的作曲家，我的不幸在于至今还没有在欧洲大城市的交响音乐会中听到自己作品的演奏。我想把自己的作品交去出版，但至今还是一个幻想。例如我的《第一交响乐》从开始创作到现在，已经过去十年了，但始终没有公演过，其余的作品写成有三五年了，也是同样的情况。您可以想象到，我在精神上是多么痛苦啊！

保罗·杜卡是我心爱的老师和朋友，他对我就像亲生的父亲一般，但他已在一九三五年去世了。从那时起我竭力想再找一位老师，但我在中国，这一愿望无法实现。中国人民的斗争教育了我，使我懂得许多事情，这也就是我的第二所音乐学院。总的说来，我随时随地都用心学周围的音乐，而苏联音乐给我的影响尤其强烈。

期望您能给我的《第一交响乐"民族解放"》多多指导和帮助。这是中国音乐史上较早出现的交响乐之一（总谱在别雷依同志处）。它是我在民族灾难深重的年代，在颠沛流离的动荡生活中，又在缺乏乐器的条件下写成的。其余作品您如愿意看，随时可以送上，随信附上作品目录一份。

我不知疲倦地创作，但是至今没有听到自己作品的音响，真是非常遗憾。我在病中完成了《中国狂想曲》和六十首中国歌曲，在此期间创作欲望一直没有丧失。

我衷心期望做您的学生，期望您成为我的老师和朋友，并指导我的创作。

尊敬您的黄训

一九四五年十月二日

致中共"鲁艺"支部的自传

"鲁艺"中共支部赵毅敏同志：

我对于中国共产党的奋斗刻苦精神是时刻不能忘记的。并不是因为中共有了"二万五千里长征"的光荣记录，或者是已经有很多优良的组织和干部，而是因为我们中国需要有一个无产阶级的政党，这个政党是代表群众意志，有组织地、广泛地去领导全中国向着一条光明伟大的路迈进。就中国共产党本身说，她的任务是伟大，前途是光明的。最大的原因是，中国共产党是由全国最多数的工农分子组成的，她是从艰苦奋斗产生出来的。

大革命时，我年纪还小。我在广州岭南大学附中念书，当时我是半工半读的一个学生，但我是时常接近学校里面饭堂的伙夫、工人和学校外的疍民，我并且担任过村童的工作。工人夜校我也去教过，我非常接近他们的生活，而他们也很喜欢亲近我。可惜当时我缺乏浓厚的政治认识，但也从没有人来领导我作更深一步的工作，当时我只会指导他们怎样团结，怎样用功。

在巴黎七年，亲自感受过劳动的生活，并参加过国际的工党会议，当时思想突变，坚决同情共产党。回国后，参加救亡运动，提倡大众化歌咏，鼓吹民族解放的伟大战争，使歌咏运动能够配合现在的抗日、反侵略、反汉奸的政治趋向，来完成民族解放，打倒日本帝国主义的任务。

到延安后，直接感到中共中央的关心和爱护，因而更决心加入共产党的组织，共同努力，实现抗日和建立新中国的目的。希望加入组织后，能够积极工作，政治的认识更加强。关于本人的音乐创作，希望在理解马列主义的艺术理论和党员们互相勉励，能给自己进步，使作品能真正创作出民族的呼声，能代替群众怒吼，反映现实的艺术作品。我感觉自己太缺乏，我非加入组织不可。因自己的缺乏，我希望党能给我一切的指示和领导，使我能成为一个堪称为共产党的党员，不顾一切，为党努力和奋斗，实现了我们同一的最高的想望，用行动来实现这理想——共产主义。

下列数点，略述我本人经过和思想。

（一）家庭关系：

父亲名喜泰，是广东番禺县人，做过打鱼和航海的事情。三十五岁就死了！母亲名苏英，广东人，一个未受过教育的乡下人。因自修关系，颇识字，但不能写。家里没有产业，父亲死时，我是一个怀腹子！祖父养我长大，到七岁时祖父死了。我和母亲靠着双手去奋斗，经过了将近三十年的惨淡生活，飘流无定的生活，到现在我和母亲还是为着生活奋斗。我还有妗母，表弟妹。表弟名黄春，做印刷工作，表妹已嫁，妗母在家缝衣过活。我还有三个舅父，死了两个，一个不知踪迹，听说他是因为参加政治活动而失踪的。我在去年十月和钱亦石同志的女儿钱韵玲结婚，现她仍在"鲁艺"学习。我的家庭关系就这样简单。

（二）教育经过：

我受教育的地方有五处：1. 在南洋新加坡；2. 广州岭南大

学；3. 在北平；4. 在上海；5. 在法国巴黎。

1. 我说过从七岁时祖父死去，生活很苦，母亲操工养活我，并且从工钱里面所得来的钱给我做学费。七岁时我便飘流到南洋，最初是读旧式的学校，读了不少四书五经。十一岁时入英国办的英文学校，后又进中国的高等小学，当时以国文、图画、音乐几种学科成绩最好。2. 在广州岭南大学附中半工半读，我也读过大学的文科，大学的图画系（高奇峰教）。我做过打字员、班长、暑期华侨学校教员和大学的音乐教授。3. 在北平，我曾入"北大"音乐传习所，专修音乐理论和提琴，也曾在"北大"听过鲁迅先生的小说史，我又学过古琴和其它的中国乐器。我并在图书馆任管理员的职，这样的去学习音乐。4. 在上海学习音乐，这时期相当的苦，学费全是借贷戚友的钱去学习，欠债累累，颇苦痛。当时又找不着适当工作来维持，母亲已年老，不忍她过于劳累。但在经济万分困难时，我仍不断地向上努力，求得我所需要的学识。5. 在法国——初去法国时是借了朋友一点钱做船费，到法国后只剩了五元（当时是五十法郎）。于是开始在饭店作工，继而在一间修指甲店、美容店作工。我也试过在咖啡店奏琴、在饭店弹琴讨钱，也试过许久的失业生活！但在这种困难艰苦生活中，我仍然很沉默去努力学习。我从没有离开过音乐的爱好。我竟然把每月赚下来的六百法郎，拿出四百法郎去学习，一百法郎寄回母亲做生活。在努力劳动以外，我还能够争取时间去学音乐。大概我每天早上是从五时起床，我就跑到饭店拉琴或写曲，到七时饭店才开门。每天我要工作十小时以上，但我利用下午休息时间和晚上十时后，我还在饭店的地下（地窖）

里写作或拉琴。有时还看音乐理论书。后来我得了一位美国老妇人Madame le Marquise del Fierro每月助我一百法朗，供给我很多音乐需要的书籍和音乐会的入场券。我又遇到一位苏联的大音乐家S.Prokofieff，给我很多帮助。一个俄国的大文学家屠格涅夫的女儿和Madame Neggo都给我很多文学的帮助，同时我连考入两个世界著名的音乐学校：（1）Schola Cantorum（法国国民乐派音乐专科学校），（2）Conservatoire National de Musique et de'Clamation（法国国立巴黎音乐院）的最高级作曲及指挥班。又得巴黎音乐院的作曲教授Paul Dukas的爱护，因而我可以在巴黎音乐院免费食饭。从此我可以不必做工，而能安心学习。我的教员和同学都给了我很大的帮助，直至我学完了高等的作曲及指挥的课程为止。我在法国学习，全由自己奋斗，从未有接受过任何的公款，也得不到任何的鼓励。在这七年奋斗中我却到过瑞士、伦敦、比利时、罗马、柏林等国。我已做了相当的音乐成绩，替我们旅法的侨胞争光。不过我还觉得自己很不够，除了音乐以外我还更要增强其它的学识！

（三）社会经过：

我的性情喜欢帮助别人，爱好新文艺，我并且爱接近中国的工农和青年们。我喜欢学习，我已实行了半工半读的事实。但在学习当中，我曾在北平参加很多次的学生游行示威，罢课。在上海，我也曾亲自领导过罢课。在广州时，我又教了不少的工农，尤其是工人夜校及疍民，村童学校，并举行了很多的音乐会。在上海时，认识了田汉先生，曾参加了戏剧运动，影响全国。在巴黎时，我曾参加过"国际工党"和中国工人的会议，我又被聘为留法学生总会的正式会员。我曾在法国公开表演过,我的作品也有公开表演。此外,我和少数留法的党员接近。回国后,提倡大众化音乐,反帝、反封建的音乐,常常帮助青年学生写游行示威的歌曲。我曾在英商百代公司做了一年的唱片配音的工作,在新华影片公司又担任了一年的音乐主任,写了不少时代的歌曲。我曾在上海大场"山海工学团",及其它的工人组织团体教歌咏。我曾参加"南国社""业余剧团""四十年代剧团",以话剧插曲的方法去宣传民众抗日、反帝,并发展中国新兴音乐。所有的插曲都有三点重要性:1. 战斗性, 2. 组织性, 3. 教育性。我又曾参加过上海文艺界救亡协会的音乐负责人。我是上海中苏文化协会会员。"八一三"爆发,与洪深、金山、王莹等组织上海救亡演剧第二队到各地宣传。我们到过河南、江浙、湖北各城市乡村,随后在汉口停留。我始创了汉口救亡歌咏运动的集会和组织,举行了大规模的民众音乐大会、救亡歌曲音乐大会,创办了六十个歌咏团体,巩固抗战音乐的理论,常在《新华日报》发表救亡歌曲运动的文章。在生活书店曾编过一本抗战歌集。在汉口和武昌,我们举行过在中国音乐史上空前所没有过的"五一"工农歌曲音乐大会,我们发动了几十万的群众的歌咏火炬游行、水上游行。我并替汉口及武昌、汉阳的工厂工人写不少歌曲。武汉当局曾聘任过我为文化建设委员,同时不久国民政府军事委员会政治部第三厅,特聘任我为第六处的音乐科主任科员。这个任务是管理全国的音乐工作。这时候我们的部长是陈诚,副部长是周恩来,厅长郭沫若,处长是田汉。一九三八年十一月三日到延安"鲁艺"任音乐系教员。我希望能在"鲁艺"训练出大量的歌咏干部供给前后方的需要，并希望学习马列主义的理论。

（四）认识哪一界人：

我的交游很广，文艺界、军政界、工农、商界我都有很好的往来。一般青年学生都爱好我的歌曲和音乐。但我日常生活是大部分时间放在创作，而不是专门交际式应酬。中国新文艺运动的人我大半认识。如戏剧界的田汉、洪深、阳翰笙、马彦祥、尤兢、凌鹤、孙师毅、陈白尘、夏衍等；音乐界如萧友梅、杨仲子、刘天华、李惟宁、吕骥、张曙、任光、沙梅等；美术界如徐悲鸿、司徒乔、张善子、叶浅予、马达、蔡若虹、翟翊等；诗人如艾青、柳倩、任钧、塞克、臧克家、卞之琳、施谊、光未然、李雷、安娥、郭沫若、冯乃超；文艺界如周扬、沙汀、何其芳、荒煤、艾思奇、胡绳、柳湜、郑伯奇等；电影导演如应云卫、程步高、蔡楚生、史东山等；政界方面有周恩来、王明、董必武、康生、罗迈、赵毅敏、徐一新、沙可夫、陈伯达、徐冰、杨松、鹿地亘、池田杏子（日本反侵略作家）、陈铭枢、沈钧儒、李公朴、张西曼、张志让、胡愈之、钱俊瑞、钱亦石、陶行知等；军界方面也认识很多，尤其我到前后方工作时认识的师长们。一般来说，他们都喜欢我教唱歌，每到一个地方，他们都要挽留我。学生、士兵、老百姓都欢迎我去指导唱歌。

（五）有何种创作：

可分三个时期。

1. 在巴黎写（属初期作品，尝试的创作）：

（1）Piano pieces（钢琴独奏曲）。

（2）Suite（组曲）共四段，用西洋旧形式。

（3）Sonata pour violin et piano（小提琴及钢琴奏鸣曲）。

（4）Quartet（弦乐四重奏）2 violins，1 viola，cello。

（5）Trio（三重奏）《"Le vent"风》pour clarinet, soprano, et piano（角箫，女高音，及钢琴），歌词用法文唱。

（6）歌集（《中国古诗》《夜曲》《牧歌》《山中》《杜鹃》《游子吟》等共十首），全用法文唱。

2. 在上海写（第二期的尝试创作）：

（1）写大众救亡歌曲共三百多首，比较好的有传遍了全国军队各民众口中如《救国军歌》《流民三千万》《青年进行曲》《热血》《游击军》《祖国的孩子们》《在太行山上》《到敌人后方去》等。

（2）《斗争就有胜利》（八首连环歌曲，是献给东北抗日联军的歌曲，侯唯动作词）。

（3）工农救国歌曲集共廿五六首，如《顶硬上》《起重匠》《搬夫曲》等。

（4）抒情歌曲集，有应修人歌词三首，田汉、施谊、光未然、臧克家、卞之琳等歌词，如《野睡》《老马》《黄河之恋》《船娘曲》《夜半歌声》《江南三月》《战时催眠曲》等。

（5）电影音乐，我写了几个，如，《夜半歌声》的主题歌：《热血》《黄河之恋》及配音；《小孤女》的主题歌及全部配音；《壮志凌云》之《拉犁歌》及全部音乐；《青年进行曲》之主题歌曲及《追悼歌》。

（6）舞台音乐，如：《复活》中的插曲《莫提起》《茫茫的西伯利亚》；《大雷雨》的七首插曲及全部音乐；《晚会》的三首插曲；《卢沟桥》的三首插曲；《太平天国》的二首插曲《打江山》及《炭夫歌》等，曾给上海戏剧运动一大革新。

3. 在延安写（第三期的尝试创作）：

（1）歌剧《军民进行曲》（三幕歌剧及三个幕前曲）。

（2）歌表演《生产运动大合唱》共三大段：〈1〉春耕，〈2〉生产与参战，〈3〉丰收。

（3）歌表演《黄河大合唱》，共八个歌曲组成：〈1〉黄河船夫曲（合唱），〈2〉黄河颂（男声独唱），〈3〉黄河之水天上来（朗诵），〈4〉黄水谣（齐唱），〈5〉河边对口曲，〈6〉黄河怨（女声独唱），〈7〉保卫黄河（四部轮唱），〈8〉怒吼吧！黄河（大合唱）。

以上的创作完全是尝试的，曾在延安公开表演过。目前我的创作希望，第一能够做到大众化，民族化的音乐，节奏鲜明、易唱易记的新形式的音乐。我希望不断去探求和拓荒！在第二期与第三期间的创作，我曾写了一个《民族交响乐》，共四段。到延安后，我从去年十二月起开始写第二个"民族交响乐"，预备两年完成，两个交响乐是需要四年，还要一年的时间去抄写。从今年起我想把1. "二万五千里长征"的故事用音乐来描写，写出红军的光荣历史。2. 我想写"中国工农组曲"，专写工农的特点，用音乐来表现工农的魄力！3. 写一个"舞剧"（Ballet），名"旗舞"。我尽可能把精神用在创作！因我太爱创作。我希望能创作中国新音乐！

（六）对党的意见：

我觉得共产党在中国是不但需要而且更要扩大和发展。在我年小时，虽然我还没有理解共产主义，但当时共产党员亦不怎样多，对于宣传的工作还不十分显著！国共分裂之后，我非常同情共产党，可惜我在法国，处在半工半读的环境，未能把全力去担任一些工作。中国共产党在今日，已经是雄大起来，发展得很快，而且做了不少惊天动地的大事业，的确站立在无产阶级、民族立场去领导群众，而且在保卫祖国、保卫边区的责任上，中国共产党已尽了很大力量，不但是成了西北抗日根据地，而且成为全世界注目的中共中央的反侵略的最重要地方。抗战以来，中共中央曾栽培出成千成万的抗日战士和干部到前线后方工作，还联合起各党派、各阶层的群众，团结在共产党领导之下，坚持持久战争，使抗战能够达到最后胜利。中国共产党是全国唯一最进步的党，是无产阶级的政党，是坚持抗日、抗战到底的党，是青年的，是前进的，是有国际意义的党。他的前途和发展都是伟大的，也是全世界劳苦大众所冀望的一个党，弱小民族、被压迫民族所共同拥护的一个党。我觉得自己创作幼稚，政治认识太薄弱。因此，我希望能接受党的领导，从马列主义的理论学习创作。我常觉得不加入组织成了离开党的领导一样渺茫似的。因此，愿加入党，同时希望党能吸收音乐的专门人才，使党的各部门都同时雄大起来，在新中国建设、或在抗日的战争中，成为一支不可侵犯的力量！我像许多青年人一样，愿意把自己献给党！（关于入党的手续已与赵毅敏同志说过，他愿意作介绍。）

冼星海

一九三九年五月十五日　"鲁艺"延安

附 录

我的履历（简单历史）

冼星海

A 我的家庭关系

我叫冼星海（没有别号），生长在广东番禺县，现年三十二岁。父亲名喜泰，母亲名黄苏英。父亲做打鱼及航海事业，他在三十五岁死了。母亲是农妇，未受过教育。父亲死时，我还在母亲腹里，以后生活，是母亲双手操劳把我养大，现在母亲还在上海法租界福履理路仁安坊七号住，生活仍甚艰苦。我还有妗母在澳门缝衣度日，表弟黄春，在印刷厂做工。我有三个舅父都死掉了！

一九三八年十月我与钱亦石（介磐）同志女儿结婚，她叫钱韵玲，现住"鲁艺"，担任工作。去年八月生一小女孩名妮娜。

B 教育经过

我受教育的地方有几处：（一）在南洋新加坡；（二）广州岭南大学；（三）在北平"艺专"；（四）在上海国立音乐院；（五）在巴黎国立音乐院。

（一）父亲死后生活艰苦，母子二人飘流到南洋。母亲以操工供给我读书。我曾入过英文学校一年，高等小学两年。

（二）在广州岭南大学附中及大学共六年，以半工读维持。任打字、班长，教工人夜校及大学教授两年。

（三）在北平时曾在"北大"音乐传习所专修理论及小提琴，同时任图书馆的助理员。

（四）在上海曾跟私人学习小提琴及音乐理论，因生活困乏，欠债累累，不得已仍在失学生活中过日。

（五）在法国时是半工读维持，曾任饭店、咖啡店、李纪店、乐队演奏等工作，一面仍上课。先后得外国人的同情和帮助，如Madame le Marquise del Fierro的每月助我一百法郎。Sergei Prokofieff（俄国大作曲家）的帮助，我考入了世界著名的两个音乐学校：（1）Schola Cantorum，（2）Conservatoire National de Musique et de'Clamation（巴黎国立音乐院），专学作曲（高级作曲班）、指挥。当时我的教员是Vincent D'Indy、Paul Dukas，都是在世界音乐乐坛有名的音乐家。我在巴黎七年，艰苦地进行我的半工读奋斗和学业的完成，于一九三五年回国。

C　社会经过

我曾经参加过许多学生运动、戏剧和音乐运动，又参加了反帝、反封建的运动，回国后五年一向未有停止过！我在上海百代公司做过配音工作。我曾任教上海大场"山海工学团"。我参加过"南国社""业余剧团""四十年代剧团"，做了不少推动新兴音乐工作。我曾参加过上海文艺界救亡协会、中苏文化协会。我曾深入到工农兵学商各阶层宣传我们的救亡歌声，大众歌声。

"八一三"爆发后一星期，我与洪深、金山等组织上海救亡演剧第二队到内地宣传，到过江浙、河南、湖北等地，举行了歌咏音乐会，发动广大群众参加，还写不少音乐理论文章，推动歌咏运动。我曾被聘为国民政府军事委员会政治部第三厅第六处的音乐科主任，推动全国音乐工作，建立了一些音乐干部，分发前后方服务。

我在一九三八年十一月三日到延安，任"鲁艺"音乐系作曲、指挥课。一九三九年七月任音乐系主任并教音乐理论、指挥、作曲、中国新兴音乐运动史等工作。

我在一九三九年六月十四日入共产党，为候补党员，十二月三日为正式党员。

D 我的创作

可分三个时期。

1. 在巴黎时（第一期）：

（1）Piano pieces（钢琴曲）。

（2）Suite（组曲）共四章旧形式。

（3）Sonata pour violin et piano（小提琴及钢琴奏鸣曲共四章）。

（4）Quartet（弦乐四重奏）。

（5）三重奏（Trio）《"Le vent"风》Pour ^{b}B Clarinet, Soprano et piano（用法文唱）。

（6）《中国古诗》《夜曲》《牧歌》《山中》《杜鹃》《游子吟》等，约有十首以上，全用法文写。

2. 在上海写（第二期）：

（1）大众救亡歌曲共计三百首以上，如《救国军歌》《流民三千万》《青年进行曲》《夜半歌声》《热血》《黄河之恋》《游击军》《在太行山上》《到敌人后方去》《保卫祖国》《救国进行曲》《战歌》等等。

（2）《斗争就有胜利》共八首，已完成三首，如〈1〉《血债》，〈2〉《偷袭》，〈3〉《遗嘱》（是献给东北抗日联军的歌曲）。

（3）工农救国歌曲集共数十首，如《顶硬上》《起重匠》《搬夫曲》《打江山》《拉犁歌》《耕农歌》等等。

（4）抒情歌曲集有应修人遗作三首：〈1〉《温静的绿情》，〈2〉《野睡》，〈3〉《妹妹你是水》。如田汉、施谊、光未然等的抒情歌词也谱了许多。还有《老马》《断章》《船娘曲》《疍民歌》《河北民谣》《战时催眠曲》《江南三月》等作品在社会一般的青年及群众都喜欢。

（5）电影音乐，我写了〈1〉《壮志凌云》，〈2〉《青年进行曲》，〈3〉《夜半歌声》，〈4〉《小孤女》，〈5〉《潇湘夜雨》。

（6）舞台音乐，有写了〈1〉《复活》许多插曲，如《茫茫的西伯利亚》及《莫提起》；〈2〉《大雷雨》的全部音乐及插曲；〈3〉《晚会》；〈4〉《卢沟桥》；〈5〉《太平天国》；〈6〉《没有祖国的孩子》等等。

3. 在延安写（第三期）（1939年）：

（1）歌剧《军民进行曲》二幕三场及三个前奏曲。

（2）大合唱：〈1〉《生产运动大合唱》（共四段），〈2〉《黄河大合唱》（共八段），〈3〉《九一八大合唱》（共四段），〈4〉（牺盟大合唱》（共六段）。

（3）歌舞活报：《三八妇女节》歌舞活报剧。

（4）《民族解放交响乐诗》已完成第一部，第二部已快完成。

（5）今年计划写〈1〉中国工农组曲（共三十七段）；〈2〉阿Q正传。

（6）歌剧：《滏阳河》共三幕（已在日前完成，为"鲁艺"二周年纪念而写）。